水戸黄門

下巻

山岡荘八

春陽堂書店

目次

犬狂言 …… 6
水魚の教え …… 41
虎の咆哮 …… 70
狂恋青葉 …… 100
薫風の声 …… 127
盲千鳥 …… 154
奸臣 …… 182
細雨の家 …… 209

姉妹裁き …… 237
静かなる舞 …… 261

水戸黄門　下巻

犬狂言

1

千住の宿にはいろうとするさかな屋彦六の店先だった。空はすみきった青空で、ひばりの歌が降るように聞こえてくる。

その店先に、並べたさかなの中に鰹の混じるのももうまもなくであろう。が、いまは房州ものの桜鯛が一尾、あたりの鰯やかれいをにらみすえるようにして光っていた。目の下一尺七、八寸。

おそらくこの宿場で、こうした品はめったに売れまい。たぶんどこからか特別の注文でもあって仕入れてきたものであろう。

ところが、いまその桜鯛を、右手に張った日よけのよしずのかげから、一匹の野ら犬がじっと眼をすえてねらっている。

しかし、それをこの屋の主人の彦六も、その妹のお光も知らない。

お光のほうはしきりに奥で盤台を洗っていたし、二十になった威勢のいい若者ざかりの魚彦は、これはかついで売りにゆくらしい鰯の数をはじけるような声でよんでいる。野ら犬はその魚彦の数え方が、三昧境《さんまい》にはいったところで、そっと鯛に近づいた。野ら犬の本性らしい。機を見るに敏、すっと首をのばしてがぶりと頭をくわえると。すっと首を横にふって駆けだした。がたりと音がした。

数をよんでいる兄のほうは気がつかなかったが、お光が気づいて顔をあげた。

「あら、あんちゃん、鯛は」

「たい……さかな屋らしくもねえ。たいだなんて、てといいなてえと」

いいながらひょいと顔をあげて、

「あっ、畜生」

と叫んだ。

本能的にうごかした視線の中に、鯛をくわえて逃げてゆく野ら犬の姿が映ったのだ。元気ざかりの若者は、鰯をほうって犬のあとを矢のように追いだした。

犬は通りをそれた桐の木株の向こうのやぶでこれを賞美するつもりだったらしく、その中へ飛びこもうとした寸前に、若者に追いつかれた。

迫いつかれたと知るやいなや、犬は獲物をうしろにほうっておいて、ウォーッと前足をそろえて反抗の威嚇にうつる。

「畜生ッ！」

と、若者は叫んだ。

「そいつを取られてたまるものか。二日三日の働きがふいになる」

「ウオーッ」

「こいつめ、おれにかかる気か」

パッと足でけろうとして、しかし若者はあたりを見回して、なだめるように手を出した。

「なあお犬さま、あんまりせっしょうするんじゃないよ。な、そのてえはけえしてくれ。そのかわりおまえさまに鰯をたんと差し上げるでな」

「ウオーッ」

「頼む。そう意地のわるい岡っ引きみてえな目をするなよ。なあ、お犬さま」

犬というのは相手がひるむと見ると、急に気が強くなるものだ。かれは魚彦の態度の変化を、かれの力の弱さからと判断したらしい。

いきなり大地をけって一跳躍、魚彦のはんてんのすそに食いついた。魚彦はそれを振りはなそうとして横に回った。びりびりとすそがさけて、いちど犬のからだはとんだが、二度めには顔じゅうをきばにして胸もとめがけて飛びつこうとする。

魚彦はわれを忘れてはっしとけった。

キャン！　ひと声犬の悲鳴。と、同時に、やぶの中から犬の仲間のほえ声が、万雷のようにとどろきだした。

2

魚彦はろうばいした。かれのけった犬が、悲鳴をあげてくるくると三度まわって、ばったり地べたへ倒れてしまったばかりでなく、そのただならぬ仲間の悲鳴を聞きつけて、およそ二十数匹の野犬がいっせいにやぶからとび出してきて、かれを包囲してしまったのだ。

もう鯛いっぴきの問題ではない。

お犬さまを殺してしまった驚きと、どうしてこの野ら犬の包囲をとくかのさし迫った問題に変わってしまった。

「これこれ、助けてくれ。なあ……お犬さまよ」

狂暴なきばときばの間をのがれながら、魚彦の顔は土けいろに変わっている。

そのはずだった。野ら犬の戸籍までを作るようにと命ぜられているご時世に、あやまちからとはいえ、その一匹をけころしてしまったのだ。

当時、犬を切り殺したり、あやまって撲殺したりして罪を得ないものはひとりもなかった。

町人ばかりか、ご直参でも許されず、げんに、桐の間づめ番士永井主殿《とのも》は、城からさがる途中で数匹の犬にほえつかれ、進退きわまってその中の一匹を切ったために、八丈島へ流されているし、

「――たとえ上の仰せなりとも諸人の難儀見るにしのびず」

そういって狂犬暗殺団の結社をつくった十一人の若者たちは、主謀者ふたり斬罪、残りの九人は新島へ流された。

したがって、江戸市民の犬をおそれることは、想像以上で、野犬や子犬を見ると、なんとかわが災難をのがれようとして、千住のはずれまで連れて来ては捨ててゆく。その

ために、このあたり一帯は野犬狂犬の巣になっている。

それが魚彦をいま目前の敵として、いっせいに襲いかかってきたのだから、魚彦の恐怖は二重であった。

できればだれかに見とがめられないうちに逃げたいのだが、取り巻いた犬どもの数は刻々にふえてゆく。

それがみな一様に、ほえ、うなっては、すきを見つけて飛びかかる。

あまりにものすさまじいほえ声に、お光ばかりか近所の人も出て見たのだが、相手がお犬さまと知って、こそこそと戸を締める始末だった。

「助けて――え！」

ついに魚彦は、ずたずたに着物を裂かれて悲鳴をあげだした。

妹のお光が、たまりかねてその中へとび込んだ。手に鰯のかごを下げて、

「それ、これをやるから、にいさんを助けておくれ。たのむぞ、お犬さまよ……」

必死で投げる鰯を見て、犬どもはそのほうへ気をとられる。

「それそれ、いくらでもやるゆえ、にいさんを。にいさん、早く逃げておくれ。早く……」

犬どもがめいめい鰯にとびついたすきに、ただならぬほえ声を聞きつけて、犬どもの味方がその場にかけつけてきてしまった。

ふたりの岡っ引きである。岡っ引きはその場に死んでいるいっぴきの野犬を見るとぎょうてんして、魚彦にとびかかった。

「犬殺しの大罪人め、神妙にしろ」

魚彦はぴしりと十手で肩をたたかれ、声をあげて泣きだした。

「うわーッ、助けてくれ。見のがしてくれ。これこのとおり……」

3

人間と野犬の闘争で、新しく現われた人間が「権力——」という武器を持った犬の味方であったとは、なんという皮肉な政治の歪曲であろうか。

「どうぞ、見のがしておくんなさい。あっしが悪いんじゃねえ。犬どもが……」

必死であやまる魚彦へ、岡っ引きは容赦なくなわをかけてしまった。

それを見ながら、こんどはお光が悲鳴をあげている。お光のかごにはもう鰯はなくなって、しかもどん欲な犬どもはいっこう彼女の周囲を去ろうとしない。

「お役人さん、にいさんを助けてえ——。お役人さん……」

半狂乱で兄のほうへ近よろうとするのだが、犬の一匹はついにそのすそをくわえた。

このまま地べたへ引きすえられたら、狂った野犬はまたたくまに、お光の肉をくらい、骨をしゃぶらずにはおくまい。

「助けてーえ！」

と、そのときだった。やぶかげの野道から、この場めざして糸ひくように駆けてくる一つの人影。旅姿の町人と見える道中差し一本の身軽さで、

「気をたしかに持ちなされ。いま助けるぞ」

いうやいなや、お光のすそをくわえて、危うく地べたへ引き倒そうとする犬の首へパッと抜き打ちに切りつけた。

犬はキャンともいわなかった。首をすそにつけたまま、ぱたっとその場に倒れてゆく。

「あ、これ！　お犬さまになんということをするのだッ、気が狂ったか」

びっくりして岡っ引きがその旅人にとびかかろうとしたとき、こんどは左右へ二匹、

水もたまらず切っておとした。

「あっ……お犬を三匹も……」

三匹切っておとされて、犬どもはたじろいだ。と、例の旅人はお光をうしろにかばって、はじめて闘っ引きと相対した。

「これ、おまえたちは、いつから犬の家来になった」

「な……なんだとッ。よくもまあ思い切って、お犬さまを……一匹切っても死罪と知ってやったのか」

しかし、旅人は顔いろも変えていなかった。

「犬に召し使われるとり手ではよもあるまい。ならば、その若者のなわをとけ」

「この気違いめ、そんなさしずをうぬにうけるか。さ、お犬を切った大罪人、神妙になわをうけて番所へ来い」

「解かぬか。その若者のなわを」

「解いて役目がすむと思うか。おまえも同罪で引っくくる。手向かうと、いよいよ罪は重くなるぞ」

旅人はフフンと笑った。

「おまえはさっき、犬を切ったゆえ死罪だといったろう。いっそ死ぬなら、思うことをしたほうがいい。それッ」

パッと身をおどらすと、魚彦のなわじりをとっていた岡っ引きは、びっくりしてうしろにとびのいた。

「それ、助けてやるぞ。はじめからよく見ていた。悪いのはおまえではない」

旅人はパラリと捕縄をきりはなして、それからゆっくりとまた岡っ引きに向き直り、

「どうだ。何もかも悪い夢……と、思うて、犬の死骸を取りかたづけては。そのほうが無事にすむぞ」

薄気味わるいほど静かな声だった。

4

旅人があまりおちつきはらっているので、岡っ引きはおもわず顔を見合わせた。

かれらにしても、犬と人間の命の価値判断はできるのにちがいない。

「人間はな、万物の霊長という。この若者も、若者の妹も、少しも狂うている様子はな

い。天下の法令ゆえ、できうれば従おうとつとめていた。ところが犬どもは狂っている。狂っている犬と狂わない人間の争いを見て、狂わぬ人間になわをかけてよいと思うか」

静かにたずねられて、ひとりはそっとわきをむいたが、もうひとりは十手のてまえ、いたけだかに舌打ちした。

「何をいうか、りこうそうに。天下の法はおまえなどのことばのあやでまげられるものではない。手向かいすると許さぬぞ」

と、そのときだった。この旅人の連れらしいのがふたり、

「これこれ助さん。まだもめているのか」

のどかな表情で近づいたが、そのうしろのひとりが、ずるずると地べたに引きずっているものを見て、

「や、や、や、こいつめも切っている!」

いばっていたほうの岡っ引きはとんきょうな声をあげた。

いうまでもなく一行は、まだ青葉城の奥深く、珍客として納まっているはずの、水戸黄門と助さん格さんの佐々助三郎に塚田郡兵衛。しかも、郡兵衛の格さんもまた二匹の

野犬を切って、これを荒なわでしばって引いているのだ。

老公は目につきすぎる例のひげを、袋にいれてふところに半ばかくしたまま、

「これこれ、そのほうたちは、宿場のものか八州か？」

「な……な……なんだってこのおやじ、あんまり大風な口をきくと許さんぞ」

「許すも許さぬもない、問うたことに答えてみよ」

「いうまでもねえ、八州さまのご支配下だ。だが、うぬらはいったいどこのどいつだ！　そろいもそろってだいそれたことを――」

「待て待て。八州とあらばいよいよ問いたださずばなるまい。わしはおとなしい旅人じゃ。そのおとなしい旅人が、熊や狼におそわれて難儀するというのならばとにかく、犬や猫のたぐいに道をはばまれて、自由に旅ができぬでは、まことにもって言語道断。これでそちたちは、その預かっている十手に対してすむと思うか」

「だまれおいぼれ。おれたちは公方さまのご命令でやっているのだ」

「助さん、格さん、これはなみのことではだめらしい。そろそろ正体をあらわそうか」

「お心のままにあそばしませ」

「よろしい」

老公はそこでゆっくりとふところからひげを出して、

「さきほどそちは公方さまの命令だと申したな」

「いったがどうした。公方さまにそむくのか」

「公方さまは生類をあわれめよ——とはおおせられたが、人間を苦しめよとはおおせられなかったはずじゃ。生類が思いあがって民に危害を加えるようになったら、これは狩らねばならぬもの。わしはなさきの中納言、天下の副将軍水戸光圀《みつくに》じゃ。そちたちが命令の意味を取りちがえて、野犬が狩れぬというならばわしが指揮する。よいか、きょうは野犬狩りをするぞ。そちたちも、みな一、二匹ずつとってこい」

5

水戸光圀と聞いてふたりの岡っ引きもびっくりしたが、魚彦兄妹もポカンとして地べたへすわったまま立つことも忘れている。

老公はまたことばをつづけた。

「法令というものはな、いつの場合にも良民のためにあるもの。それが良民を苦しめだしたら、改廃せねばならぬものだ。公方さまが良かれと思うてくだされても、下々で迷惑ならば、その下々の迷惑をちゃんと公方さまのお耳に入れねば相すまぬ。ご命令ゆえ理が非でもそれを通そうとするやからを禄盗人という。よいか、野犬の害は、この光圀がしかと見とめた。きょうのことでいよいよ凶暴になっている野犬ども、また何をしでかすか？　夜分など老幼の通行もおぼつかぬ。それぞれの筋には公方さまご名代としてわしが命じたと申し渡すゆえ、遠慮なく狂犬を狩れよ。わかったか」

　将軍のご名代——と言われては、もはやだれも口を出すことはできない。というよりも、内心ではそれをどのように望んでいたことか。

　魚彦の前に『水戸黄門さま現わる』の報は、またたく間に宿じゅうへひろがった。

　それにしても、いよいよ江戸のおひざもと近くまでやって来て、いきなり野犬狩りとはまた、なんという大胆不敵なやり方であろうか。

　これでは老公みずから犬公方にけんかをふっかけているようなやり方だったが、しかし、それが正しいと信じたら、あとへ引く老公ではなかった。

「少し薬がききすぎるかと存じますが」

　助さんの佐々助三郎がそっと小声でそれにふれると、老公はニコリとして、

「これからだぞ助さん、おもしろくなってくるのは」

「まだこのうえ、おやりなされますか」

老公は楽しそうにうなずいた。

「もはや、ただの諫言ではききめはない。せっかく江戸へ出てきたのじゃ。やるだけやろう。最後のご奉公だ」

魚彦の店先へ床几《しょうぎ》をはこばせ、その周囲によしずをはらせて、ここがご老公の本陣。入り口にどこから運ばせたか一尺幅の松板一枚をとりよせて、

「水戸黄門様野犬狩御宿――」

名筆で聞こえた佐々助三郎が、墨痕淋漓《ぼっこんりんり》としたためて立てかけた。

こうなると、もはや宿役人から人足まで総動員だった。ふだんから犬の横暴に手を焼いていた宿の人々が、

「こんなときでもなければ狩れないぞ。しっかりやれよ」

「さすがは水戸黄門さま、ありがたいことだな」

「白いは白い、黒いは黒いとはっきりしていなさる。このおかたにもう一度副将軍をやっていただきたいものだな」

かくして——

この日狩られた野犬の数三十二匹。それはそのまま老公の命で皮をはがれた。遺骸は畑の中にうずめられ、皮だけは荒むしろでていねいに荷造りされた。

そして、それに大きな板の荷札がつけられ、荷札の文字はまた助三郎が名筆をふるった。

「——御土産《おんみやげ》、水戸黄門より柳沢美濃守吉保へ進上」

そして、その御土産が、塚田郡兵衛の宰領する人足たちによって、柳沢美濃守の屋敷にかつぎこまれるころ、老公はニコニコと笑いながら水道橋の自分の屋敷に町かごを走らせていた。

6

柳沢吉保《やなぎさわよしやす》が下城してくると、いつも屋敷へは訪客がいっぱい待っていた。

それほどかれに諸侯の人望があり、政治的な手腕があるというのではない。将軍綱吉が、ほとんどかれ以外の者を近づけず、かれを通じてでなければいっさい用がたりぬからであった。

うっかり吉保のごきげんをとりそこなっていると、新しい寺院の建立を命じられたり、思いがけない土木工事をおおせつかったり、京の所司代、大阪の城代などに転出させられたりする。

そのために、その一藩の財政は、意外な負担をしいられ、破たんに瀕することすらある。

毎年京からやってくる勅使の供応役ひとつ免れても、どれだけ助かるかわからなかった。したがって、かれのもとを訪れるものは、みな賄賂をたずさえてゆく。

天下の名画、珍器のたぐいから名刀、黄金など続々と持ち込まれて、蔵の中へは江戸城以上の金銀名宝が集まっているなどうわさされている。

綱吉のわがままな独裁が、やたらに吉保を富ませるという皮肉な現象を描きだしているのである。

その日も勘定奉行の萩原重秀をはじめとして、加賀の横山左衛門、薩摩の喜八又兵衛、安芸の山田蔵人、水戸の藤井紋太夫などが、それぞれ進物をもってべつべつの客間にかれを待っていた。

吉保はまず側用人の披露する進物のことを聞き、萩原重秀から会っていった。

重秀はすでに天下の勘定奉行というよりも吉保の腹心といってよかった。

かれらの間では、いま、小判改鋳に要する黄金を、どこに求めるかが相談の骨子になっている。

吉保が重秀を待たせてある客間にはいってゆくと、

「これはお早いご退出で」

まるまると太った重秀はくるしそうに頭を下げたのち、

「やはり、黄金は大阪の町人どもの手にいちばん握られておりますようで」

内ふところから、うやうやしく巻き紙にしたためた長者番付を差し出した。

吉保は黙ってそれをひろげてゆく。

「そこにもしたためてござりますように、日本一は淀屋でござりまする。次が鴻の池、次が三井、加島屋、米屋、辰巳屋などの順に相なりまするが、やはりこれは、寛文、延宝の故事にならうがよろしきかに存じまする」

寛文、延宝の故事というのは、寛文七年に、武器密輸のうたがいで欠所取りつぶしになった、博多の豪商伊藤小左衛門のことをさすのであり、延宝というのは延宝四年に、長崎の末次平蔵を取りつぶしてそのばくだいな黄金財宝を召し上げたことをいうのである。

「おとなしく御用金を命じたでは出すまいのう」

「出す出さぬよりも、それでは幕府の威信にかかわりまする」

「いかさま、将軍家が町人に借財を申し込んだではのう。しかし、欠所取りつぶしの名目はあるかの」

「その意味では、奢侈の禁止令が救いの神にござりまする。これら富裕の町人どもは、みな禁止の絹物を身にまとっておりまする」

吉保はうなずいた。

要するに柄のないところに柄をすげて、天下の富豪を取りつぶし、その黄金を召し上げようというのである。

ここに至ると独裁政治の権力のおそろしさは強盗などの比ではない。しかも権力がわが手にあると、なんの罪悪感もなく小狗吏までが、得得としてそれを行ないうるのである……

7

貧しい下々は犬に苦しめられ、富のある町人は狗吏に苦しめられる。

上に独裁の背景あれば、下の狗吏は猛虎のようにふるまいうる。

といって、かれらに一片の人情もないというのではない。現に吉保は長者番付にながめいって、いったいだれを血祭りにあげようかと迷っているふうであった。

淀屋か。鴻の池か。三井か。

「しかし、取りつぶすとなると哀れを催すか」

吉保が首をかしげると、

「天下のおためでござりまする」

萩原重秀はいかにも自分が将軍でもあるかのように重々しく答えた。

「しかしのう、上をおそれ、上を敬ってくる者に、そうむざんなしうちもできかねる。その辺のことをよく心得て、もう一考してみてくれぬか」

重秀はこんどはうなずいただけであった。

表向きはいかにも情けあることばのようにひびいてゆく。が、これは相手に、賄賂を差し出す心があれば、白羽の矢はよそへ立ててもよいということと同じであった。

　こうして収賄贈賄は果てしなくなり、清廉な者ほど時弊に苦しめられるという暗黒時代になるのだが……

「実は、その辺のことも、すでにあれこれと探りましたるところ、この中でいちばん上を恐れぬは淀屋……と、その知らせも内々届いておりまするが」

「では淀屋をやるか……よく考えてのう」

　重秀が、また太ったからだをこごめて帰ってゆくと、こんどは吉保は、水戸の家老藤井紋太夫を待たしてある数寄屋に向かった。

　紋太夫とは水戸の家老としてではなく、能の趣味の友として会うように体面をつくろっている吉保だった。

「これはこれは」

　吉保の姿を見て、紋太夫が座をすべろうとすると、

「そのままそのまま」

　吉保はかるくおさえて、

「どうじゃな。お藤とか申す、千鶴どのの妹はその後おとなしくなったかな」

「はっ。つけ物蔵のうちに一間をしつらえ、時おり女どもに調べさせてみまするが、なかなか強情にて、ただの色恋と言いはりつづけておりまする」

「ほほう。して、家中の連判は？」

「もはや、大半以上、血判をとりましてござりまする」

「お手がらだった。おかげで吉里君が世に出られることになったら、そちも、けっして水戸の家老の端くれではおくまい。して、ご隠居はまだ仙台におられるか」

「はっ。よほど歓待されているとみえ、まだ城を出られたけはいはござりませぬ」

「ご隠居もなかなかの術策家、ゆだんなく見張られるがよいぞ」

「その儀ならばじゅうぶんに……もはや家中も七分近く血判を取りましたなれば、青葉城を出られ、西山荘へご帰還と同時に、ご老公ご乱心……とふれさせて監禁いたしまする。そのことはまずまずこの紋太夫におまかせくださるよう」

吉保はかるくうなずいて、

「さて、次には隠居の姫、千鶴どののことじゃが……」

と、急に声をおとして、あたりを見ながらフフフと笑った。

8

吉保はその後の千鶴のことはいっさい話さなかったとみえ、紋太夫もおもわずひとひざ乗り出していた。

「はっ、千鶴どのが……？」

「実はあの夜のくせ者とともに切り捨てようかと思うたのじゃが……またあとで何かの役にもたとうかと、さる場所にそっと生かしておいてある」

「お情け、ありがたく紋太夫からもお礼申し上げまする」

「ところがその姫が、ちかごろ食を断ってとろうとはせぬ」

「それはまた何ゆえに？」

「恋じゃ。色恋じゃよ」

吉保はそこで、いかにも楽しげにフフフと笑った。

「少しわしも物好きがすぎたようじゃが、男とおなご、じっと一間に閉じこめておいたらどうなるものであろうかとためしてみた」

「と、おおせられますと、あの夜のくせ者もそのまま命も召さずに……？」

吉保は鷹揚にうなずいた。

「あのような者、ひとりやふたり生けおいたとて天下の妨げには相ならぬ。それよりも、ふたりは未知の間がらと見てとったゆえ、未知の男と女を一間に閉じこめ、どれだけの時日で、どうなるものか、それを見てやろうと、わしの戯れ」

紋太夫はおどろいて吉保を見上げたままだった。

「ところが二か月たたぬうちに、陰陽たがいに燃えだしての。いまでは姫のほうが半狂乱なそうじゃ」

「して、そのくせ者の身分姓名は」

吉保はまた笑いながら豆目を振った。

「わしはただ男――としてとめおいたまで。別に姓名などただそうとはせぬ。が、姫を助けようとして忍び込んだくせ者ゆえ、水戸の者にはまちがいあるまい」

「恐れながら……そのくせ者、いちど拙者にお調べお許しくださるわけにはまいりますまいか」

「う、それもよかろう。が、わしがいま話そうとしているのは、そのことではない。姫が食を断って死ぬと言いだした。よいかの……」

紋太夫は吉保の心の中を言いかけて、あとのことばを待つよりなかった。

「すると、それまで姫に仕えるだけで、苦しそうに姫をこばみとおしてきたくせ者が、とうとう姫と結ばれたそうな」

「あの姫と……名も知れぬくせ者と？」

「ハッハッハ、それをおもしろいと思わぬか。さきの中納言の姫も、下女の恋も同じだということじゃ。しかもあのくせ者めが、その恋を忠義のためと申したそうな。ハハハ……わしはおもわずひと晩笑いとおした」

紋太夫は、これは手ひどい老公への復讐だと思わずにいられなかった。老公は、いつも吉保を、昔の名の『弥太郎《やたろう》――』で呼びすてる。

そのころからの反感と屈辱とが、あの夜の手違いからふしぎな復讐心理で千鶴へむけられたのにちがいない。

「そちが老公を西山荘へ監禁する。そのあとへわしは贈り物をする気になった。乱心隠居に色情狂の姫をな。ものにはそれぞれ使いみちがあるものじゃ。くせ者と結ばれてから、姫はいそいそと、食事をとって相手に媚びているそうな、ハッハッハッ。どうだ紋太夫おもしろかろうが」

9

紋太夫の顔いろはさすがに締まった。

老公を西山荘へ監禁する手はずは十中八、九まで整ったと思っている。

水戸の内部ももはや完全に二つになった。

老公にしたがって、次の将軍を甲府の家宣とその直系で継がしめようとする一派と、当主綱条《つなえだ》を説き伏せて吉里を世に出そうという一派とに。

そして、後者には現将軍の綱吉と柳沢吉保とがついている。

老公の監禁さえ無事に済んだらすでに勝敗はつくというのに、その老公の隠し子までを世にあばこうという。

それも色情狂として狂人のそばへ狂人を贈って世間をあっといわせる考えらしい。

「紋太夫」

「はい」

「そちは笑わぬのう。わかっている。そこまでするには及ぶまいというのであろう。

が、それはそちがまだまだ隠居を知らぬからじゃ。隠居のがんこな意地に、ふしぎな人気があつまっている。ただ老公ご乱心で監禁したのではなかなか世上で納得せぬ。ことによると、われらの陰謀などといいふらすやからが出てこまいものでもない。そこで、念には念を入れておこうと思案したのじゃ。わかるであろう」

紋太夫は恐れ入って頭を下げた。

たしかにその懸念はあった。老公は、世上ですでに正義の偶像にされつつある。

「もともとくせ者など忍び込ませずば、別の筋書きになるはずだった姫じゃ。隠居の人気に刺刀を刺す役にたてばよいではないか。世間はこれで、あっ！という。あの老公にかくし子があった。しかもそれが色情狂で、見も知らぬ下郎をくどき狂ったと聞かせられたら、やれやれ老公もそんな食わせ者じゃったかと、はじめてつきものがおちるのじゃ」

「恐れ入りましてござりまする」

「わかったのう。事を運ぶにはつねに二重三重の計らいと、深い思案がなければならぬ。それでもそちはくせ者の名が知りたいか」

「さあ……」

「もし調べてみて、それが水戸の家中で名ある家の子弟であってみよ。この狂言の価値は半減する。どうせ本人は名のる気づかいはないのじゃ。植木職だといっている。それでよい。わしはわざとくせ者は調べさせぬのじゃ」

「ご深慮のほど、ただ恐れ入りました」

「ハハ……わかったらよい。わかったら、どこまでも細心にの、仙台にいるご隠居に目を離すなよ」

「ははっ」

紋太夫が平伏するのを、吉保がこころよげにうなずいたときであった。

「申し上げます」

側用人が次の間のふすまの外で声をかけた。

「なんじゃな」

「ただいま、水戸のご老公よりの進物到着、ぜひ御前へご披露くだされと、ご使者の口上にござりまする」

「なに、水戸のご老公から……何品がとどいたのだ」

「中身はあいわかりませぬが、新しいむしろづつみにござりまする」

吉保はフフフと笑った。あの皮肉な隠居が、おごりをつつしめなどと手作りの野菜でも届けてきたのであろうと思ったのだ……。

10

「そのまま捨てておいて、わざわざご隠居の反感をあおるもおろかのこと。モうじゃ、さっそく御前へ披露すると申しての、その包みをこれへ持て」

吉保は老公を子ども扱いすることで、紋太夫に自分の大きさを示したかった。

「でも進物はむしろ包みと……」

紋太夫がいいかけると、鷹揚に手を振って、

「よいよい。心をこめた贈り物、失礼ないようこれへ運んでくるがよい。吉保、この場でありがたく拝見しよう。紋太夫、そちも見るがよい」

側用人はかしこまってさがっていった。

「すると、ご隠居、仙台へ出発のおりに西山荘から送り出した品であろう。やはり、この吉保の存在が心にかかっておるとみえる」

紋太夫は首をかしげて、

「しかし……」

と、いったがあとのことばはつつしんだ。

老公が、吉保に贈り物してきげんをとるなどということは、ちょっと信じられない気がしたが、しかし現にそれが届いているのに、自分がとやかくいうべきではなかった。

(あまり皮肉な贈り物でなければよいが)

「紋太夫、心配することはない。野菜であろうよ」

「はっ。でも、この風雅なお居間を、野菜の土などでよごしてはと存じまして」

「ハハハハ、そのような心づかいはいらぬこと。吉保のもとには、ほうきもあればぬぐい布もある。それより、そこもとから、ご老公の進物が届くと、柳沢吉保、まずそれを上座に直して、うやうやしく一礼してそれから包みを開いたと、何かのおりに申しつかわせ。そうしたことをむしょうにご隠居はよろこぶのじゃ」

「恐れ入ってござりまする」

そこへ近侍ふたりに問題の包みをはこばせて側用人がもどってきた。

「おお、その包みは上座へ直せ。さきの中納言さまのお心こめられたご進物、そそうがあってはならぬ」

「かしこまりました」

むしろ包みを床の間の前にすえさせ、側用人はまた形を正して言い添えた。

「ご使者の口上では中身いちおう殿おんみずからお改めのうえ、お心にかなわせられたら、将軍家へも差し上げられたいと」

「将軍家へもか……あいわかった。開いてみよ」

たぶんどろのついた里芋でも献上させようというのだろう。吉保と紋太夫とは顔を見合わせて苦笑しながら、近侍の包みをひらくのを待った。

近侍は包みのなわをといて、

「あ、これは……」

と、顔いろ変えた。

「なんでござりましょう。血がにじんでおりまする」

「なに、するとさかなの類か」

「いいえ、ここにこんなに獣毛が付着しておりまするが」

言いながら中の一枚を開いて、

「あっ！　お……お……お犬さまにござりまする」

「なに犬じゃと」

吉保も紋太夫もおもわず立って包みの中をのぞきこんだ。と、中には、犬の生皮がどす黒い血をにじませて、累々と重ねられているではないか。さすがの紋太夫も、顔いろを変えてガタガタと震えだした。

11

あのつむじ曲がりの老公が、ただの贈り物をするとは信じられなかったが、それにしても血のしたたる犬の皮とはまたなんというだいそれたことをするのであろう。

それも一枚や二枚ではない。およその見当で二、三十枚。一頭の犬のために切腹させられた武士や、斬罪になった町人があるというのに。しかもその皮を見て、もし心にかなったら将軍家へも差し上げよというに至っては、眼中将軍なしというよりない。

紋太夫は、そっと吉保の顔いろをうかがった。

吉保の顔もさすがに青白んで、しばらくはことばもなかった。

（いったいこれはどうなるのか……）

と、とつぜん吉保は大口あいて笑いだした。

「ハッハッハ……これで勝った！　これで勝ったぞ紋太夫」

「恐れながら何をもちましてそのような……」

「老公には、これでひとかど痛烈な諫言をしたつもりであろう。よし！　紋太夫恐れることはないゆえ、ご老公が予に犬の皮を贈ったてんまつ、家中一統に話すがよい。ただそれだけで、ご当主の水戸中将さままで、老公の乱心をお信じなさるよりほかにない。これで勝った！　めでたい皮じゃ」

「なるほど、これはご名案……」

「わしは殿中にこれを触れてやる。むろん将軍家のお耳へも入れよう。血迷ったご隠居は、われらにあてこすりをやろうとして、みずから墓穴を掘られたのじゃ。生類あわれみの令の出ている中で、これだけ多くの犬の皮を予に贈る……乱心でないとだれが思うか」

「いかさま、ほんとうに乱心なされたのではござりませぬか」

側用人があきれたようにつぶやくと、吉保はいよいよ高く笑っていった。

「みなも聞け。市中へもいいふらせ。おそらく殿中以上に、この事実が老公乱心のしるしになろう。ハッハッハッハ」

しかし内心の、おだやかならぬ感情はその笑いだけでは吹きとばせなかったとみえて、

「紋太夫、また参れ」

ぼうぜんとしている紋太夫にそういうと、

「むさい。そうそうその皮取り捨てよ」

言い捨てるなり、荒々しい足どりで廊下へ出ていった。

紋太夫はていねいに一礼して数寄屋を出た。

なるほどこれで、世間のだれもが老公乱心のうわさを信じるようにはなろう。が、この生皮は、いったいどこから送り出したのか。

仙台の城中から差し立てたものでないことは、そのなまなましさでよくわかった。

(すると、老公はこの江戸の近くに来ているのではなかろうか……?)

紋太夫は、そこではじめて愕然となった。

もし江戸に出てきていて、このような諫言をやってのけたものとすると、これは最初

の一矢にすぎず、必ず二の矢、三の矢が用意されている。そうした点では細心すぎるほど細心な老公の気性なのだ。

（そうだ！　それにちがいない……）

紋太夫は蒼白になって玄関へ出てゆくと、震える声で供侍べやの自分の従者をさし招いた。

「かご！　いそげ。殿へだいじな用を忘れていたわ」

水魚の教え

1

水戸屋敷の広大さは、諸藩の江戸屋敷とは比較にならぬ規模であった。周囲はかれこれ一里近い。正門は江戸城に向かい、前も壕、横も壕、右手は本郷に接し、左手は牛込につづいて、小石川の一角を大きく占めている。

中に大日本史編纂の彰考館もあれば、本国水戸の偕楽園をそのまま持ち込んだような同じ名の大庭園ももっている。

牛込よりの山では、昼でもときどき狐が鳴き、月の良い晩は狸の腹つづみが聞けた。

その広い屋敷うちが、いまはこぼれそうな青葉につつまれ、ゆさゆさと東風《こち》に葉裏を返している。

その偕楽園へ、きょうは久しぶりに主君の綱条公、小姓に刀を持たせ、酒井周防守をしたがえて降り立っていた。

うつぜんと茂った丘の亭でしばらく休息して、それから池のほとりに立たれた。

青葉東風にさざなみ立った池の中では、自慢の大鯉が紅白のひれをゆうゆうとうごかして泳いでいる。

「周防、どうだこの鯉は」

「鯉は淡水魚の王と申しまするが、これほどの大きさになりますと、気味わるいほどのおちつきを見せまする」

「人が近づいても逃げるどころか、あわてて泳ごうともせぬ。何か人間に教えているようだの」

「はい。ご老公もよくそうおおせられて、ここに立たせられました。こせこせするとこの鯉に笑われる。この鯉のほうがわしより長者じゃと申されて」

「そうか。あわただしい世の中のうごきを見ていると、たしかにそうも思われる。これ、麩を持て、予が手ずから与えよう」

小姓のひとりがかしこまって麩をとりにいっている間、綱条はうっとりと鯉のうごきに魅せられていた。

どこかに反省じみた気持ちのうごくのは、自分が老公に選ばれた兄の子であり、水戸家は将軍家に失政なからしめるための意見番——ともいうべき特別の家格であるということだった。

綱条にしてもむろん将軍綱吉のわるい風評を耳にしないわけはない。が、なにぶんにもはげしい気性の老公のあとを継いでいるので、自分の光は発揮しかねた。

（もう少し、ゆうゆうと、信ずるところへ向かって泳がなければならぬのだが……）

小姓が盆に入れた鉄をささげてくると綱条はそれを取って、無言で水面へほうってやった。

鯉はそれをじろりと見てまた一回りして、それからガブガブと食ってすぐまたゆうゆうと泳ぎだす。

「殿、お手を鳴らしてごらんなされませ。すると、岸べに集まりまする」

「そうか」

「ご老公はそうなされました。害心なきことを知れば鯉もあつまる。鯉ひとつ近づけられぬようでは民はなつかせられぬとおおせられて、ついに手を鳴らすと集まるようにしつけました」

綱条はポンポンと手を鳴らした。すると、今までゆうゆうと泳いでいた緋鯉真鯉が、とつぜんコースを変えてまっすぐに綱条の前へあつまってくるのである。

綱条は微笑して、かがみこんで麩を与えた。と、周防のいうとおり、鯉は喜々として綱条の指先までを吸ってくる。

「なるほどのう」

と、その時、綱条のそばへ格之丞の父の杉浦惣左衛門があたふたと近づいてくるのが見えた。

2

「申し上げまする」

杉浦惣左衛門が綱条のうしろに来てひざをついたが、綱条はまだ鯉にえさを与えながら、

「なんじゃ惣左」

と、ふり向かなかった。

「お国表よりご老公さま、なんのお先ぶれもなくご出府にござりまする」

「なに父上が……？」

綱条はびっくりして惣左衛門をふり返った。

「そんなことがあるものか。父上はまだ仙台におわすはずじゃ。戯れを申して予をおどろかす気か」

惣左衛門は半ば白くなった頭を振って、

「それが、事実にござりまする。はじめ門番めが、ご老公と名のる気違い老人……いや、恐れ入りました。が、門番の申したとおりに申し上げまする。町かごに乗り、町人ふうの供をひとりつれた老人が表門の前にて開門せよという。どなたかとたずねると、黄門じゃとおおせられる。むすこの顔が見とうなってやって来た。早く門を開いて会わせてくれと、まるで百姓のようなことばでおおせられる。それで気違いめ！　たわけたことをいうと許さんぞと六尺棒で追い払おうといたしましたそうな。するとニコニコ笑われて、おまえは近ごろの門番じゃな。よいよい周防はおらぬか、下野はおらぬか、紋太夫でもよい。だれかおる者に、取り次いでつれて来い。さすればひと目でわかることじゃ――とおおせられる。その由申して参りましたゆえ、拙者、まさかと存じながら出てみまするとと、まごうかたなきご老公、町人ふうのお供は佐々助三郎にござりまする」

「わかった。では、まぎれもなくお父上であろう。暇あれば百姓……というよりも、仙台の城にいられるとき、百姓の隠居姿だったと聞いている。周防！　早うそそうなくお出迎えの用意をせよ。予も出迎えよう」

酒井周防はそれを聞くと飛ぶようにして館のほうへ遠ざかる。杉浦惣左衛門もあわててそのあとにつづいた。

（それにしてもなんというお父上の奇矯ななされ方であろうか……）

綱条も、心中いささかおだやかならぬものを感じた。かりにもさきの中納言黄門卿が、町かごでやって来るとは世間への聞こえもわるい。

それでなくとも藤井紋太夫に、ご老公はいささかご脳をそこなわれておりますようで――そういわれて心をいためていたやさきなのだ。

そういわれてみると、そもそも西山荘の普請代の不足を、仙台公にもらいに行くなどというのが脱線しすぎている。

が、養父の清廉と気骨を信じている綱条は、これも何か考えあってのことであろうと、

「——父が訪れなばよろしゅう頼み入る」

わざと上席家老の宇都宮下野守を伊達家の江戸屋敷へ使いさせてあったのだが、それがこんどはとつぜん出府してくるとは……？

（伊達家でまさか父の申し入れを断わるはずはなし、ことによると、これはほんとうに年をとって心が乱れてきているのではなかろうか）

とにかく綱条も、急いでとって返して衣服を改め、大玄関まで出ていった。

もはや、表門からここまでずらりと両側へ重臣たちが出迎えている。その門をのこのこと宗匠ずきんの老爺がこちらへはいってくる。

「ご苦労。ご苦労」

まぎれもない老公だった。胸の白ひげはいよいよ白く、目を糸のように細めてニコニコと笑いながらやって来る。

3

玄関に出迎えている綱条を見ると、

「おお、これは中将どの、当主みずからお出迎えはあいならぬ。中将どのはご当主、わしは一介の隠居の身じゃ」

老公のほうから声をかけた。

が、綱条はあわてて式台におりていって、老公の手をとった。

「思い設けぬご出府にて、お出迎えもおくれ恐り入りました」

「いやいや、気まぐれな隠居のすること、中将どのにはたいせつなご公務のあるおん身、このようなことに心を使わせてはあいすまぬ」

「まずまずお通りくだされてご休息あそばされまするよう」

「ではごめんこうむろうかの。みなも大儀であった。助三郎は自由に休めよ」

老公は手をとられたまま綱条の居間にとおってゆく。だれの目にもこよなくむつまじい親子に見える。居間にとおると綱条は老公を上座にすえて、

「まずもってお父上にはつつがなくわたらせられ……」

きちんと型どおりにあいさつし、

「してご出府の目的は？」

いちばん気にかかることを尋ねた。

老公は快活に笑った。

「隠居のわしになんの用があるものか。ただのう、急に中将どのの顔が見とうなって、旅の途中で気が変わった。いや年を取ると性急になるものじゃ。思い立つと矢もたてもたまらなくなってくる」

「いましばらく青葉城におとどまりあそばすものと存じておりましたが」

「そうそう、伊達家でよろしく申しておられた」

老公はそこで運ばれた茶をうまそうにすすって、

「ときに中将どのは近ごろ登城なされたかの」

「いいえ、ここしばらくは」

「そうか。将軍家はごきげんにわたせられるであろうのう」

「はい」

「西の丸さまには？」

「ご無事でいらせられまする」

「それはめでたい。中将どののすこやかな顔を見て、将軍ご父子のご無事を聞けば思いのこすことはない。わしはすぐにも西山荘に立ち帰って麦刈り、種まきと、土に親しむことにいたしたいのだが、旅の疲れがひどいゆえ、ここ四、五日はごやっかいになってゆく。これが最後の出府、江戸の見納めかもしれぬでのう」

「どうぞごゆるりと、ご休養のほど願いとう存じまする」

藤井紋太夫に頭がわるくなっていると聞かされているので、綱条は注意して老公を見直すのだが、別に変わった様子もない。

それに、ただ自分の顔が見たくなったというだけで、必ず始まるであろうと思っていた政治向きのことには全然ふれる様子がない。

綱条はホッとして、

「お父上にはお疲れにわたらせられる。お居間の小書院、用意はよいかと尋ねてまいれ」

近侍に命じておいて、それから雑談は能の話になっていった。

「そういえば、わしの江戸への来納めに、もう一度ここの能舞台で舞ってみようかのう」

用意のできたしらせが来ると、老公はまたニコニコと立ち上がった。

「ではひとふろいただいて旅の疲れをいやすとしよう。ただ気楽におればよい。心をお使い召さるなよ」

胸のうちでは最後の秘策を考えながら、表向きはどこまでも他意なげな老公だった。

4

老公はふろからあがると、小書院に白あやのふとんを敷かせて、その上に寝そべった。

「やれやれ疲れた。疲れたときにはふろにかぎる。そうだ。だれか杉浦惣左衛門を呼んでみてくれぬか」

三人付けられた近侍にいった。

そして、杉浦惣左衛門がやって来ると、

「惣左、しばらく見ぬ間に年をとったな。許せよ寝たままで。さ、ずっと近う参れ」

「はっ。先ほどはあれこれと失礼つかまつりまして」

「よいよい。ところで、藤井紋太夫の顔が見えなかったがどうかしたかの」

「本日は所用で他出中にござりました」

「そうか。もどってきたら、わしがちと腰をもんでもらいたいと伝えてくれぬか」

紋太夫は老公に見いだされて、幼いおりから能のお相手のかたわら、よく肩や腰をもんだものだった。

「承知つかまつりました」

「それから惣左……もそっと近く」

と、声をおとして、

「そちの三男格之丞が、ひそかにこちらへ来なんだか？」

「恐れ入ってござりまする。不心得のやつめ、手討ちにいたそうと存じておりまするうち、ふたたび姿を消しまして、さっそく勘当いたしてござりまする」

「よいよい。わしはおこっているのではない。いつごろ、どうしてやって来たか？」

おだやかにたずねられて、惣左衛門はまっかになって額の汗をふいた。

「なんともかとも話にならぬお恥ずかしさ……町人の娘と駆け落ちしてまいりました。

はい……」

「町人の娘と……すると、その娘は筆匠が妹娘であろう」

「はい……ご存じでいらせられますか。なんともかとも」

「して、いまふたりの居住している所は？」

「むろんそれなり、父でも子でもござりませぬ」

「ではのう惣左、そち、きょうじゅうにも池の端の本阿弥がもとを訪れて、わしが申したといってな、格之丞の居どころをひそかにきいてまいれ。たぶん本阿弥が存じおろう」

「は……はいっ」

「念のために申しておくが、わしは格之丞をさがし出して、成敗しようなどというのではないぞ。感違いいたすなよ。あれも苦労いたしておるであろうゆえ力になってやろうと思うのだ」

杉浦惣左衛門はおもわずその場にひれ伏した。

「だいそれた出奔の罪おとがめもなく……ご鴻恩のほど……ただ……ただ……」

「泣くな惣左。よいか。これはだれにもひそかにな。わかったら、紋太夫を呼んでくれ。久しぶりの入浴でまぶたが重うなってきた」

惣左衛門が心得て出てゆくと、老公はほんとうに目を閉じて、うつら、うつらとした様子であった。

むろんほんとうに眠っているはずはない。

柳沢美濃守へ送りとどけてやった犬の生皮三十二枚、その反応を知るか知らぬかで、美濃守と紋太夫の交わりの深浅をはかろうとしているのだ。

紋太夫がやって来た。近侍がそれを告げようとするのを、紋太夫は手をあげておしとどめ、

「ご仮眠のご様子じゃ。静かに静かに」

そして居間へはいると、わざとうやうやしく一礼し、それからそばに膝行して、そろそろと肩をもみだした。

老公の癖を知りぬいて、一歩のゆだんもない紋太夫。老公もまた知っていながら、知らぬ気でもましている。

5

（やっぱり江戸へ出てきていた……）

　そう思うと黙って肩をもみながら、紋太夫は老公の心を読みとろうと必死であった。自分よりひと足先に到着されたため、まだ生皮のことを綱条に告げる暇がなかった。温厚な事なかれ主義の綱条に、それを先に知らせてあったらどんなに好都合だったか。一歩先んじられたと思うときゅっと心がしまってくる。

（あわてては相ならぬ。よく考えて……）

　相手は隠居、自分には当主の綱条をはじめとして、古保、将軍と時めくものの背景がある。老公の放つ第二の矢がなんであるかを見きわめて、その矢を巧みにかわしてやらねばならぬが――と、思ったときに、

「あーあ」

　と、老公はのびをしながら寝返った。そしてはじめてもまれていることに気づいたように、

「紋太夫か」

と、うつつにいう。

「はい。あまり快げにご仮睡なされていられますので、お起こしせずにもみました」

「そうか。だが、わしももうろくしたのう紋太夫」

「なぜでござりまする」

「そのほうがはいってきて、からだに手をかけても知らずにいる。そのほうだからよいが、もし敵意のあるものならば刺されている」

（来たな！）

と、紋太夫は思った。

これ以上に皮肉なことばはない。が、そんな皮肉に狼狽して返事のできないほどの紋太夫でもなかった。

「恐れながら、久しぶりに江戸屋敷へ入らせられ、お気のゆるんだゆえでござりましょう」

「うん、そうかもしれぬ。が、気もゆるんだがたがもゆるんだ。近ごろはとんと目がかすんでな、世間のこともよう見えぬ。どうじゃな、天下のご政道を庶民どもは喜んで心服しているようかな」

「はい。江戸市中に血なまぐさいけんかざたはなくなりました」

「なるほど……」

「旗本のあばれ者もかげをひそめましたし、町奴《まちやっこ》と称してこれにたてつく連中もなくなりました。みなご仁政のおかげかと喜んでおりましょう」

「そうか。それはめでたい。長生きはしたいものじゃのう。よい時代に会うものじゃ」

紋太夫はまたぞろ皮肉が出てきたので、聞こえぬふりをしてだんだん腰へもんでゆく。

「して、こんどのご出府は何ご用にござりまするか」

「フフフ、そのほうも中将どのと同じことをたずねるのう」

「殿もさようにおおせられましたか」

「そういったぞ。同じことを。どうだ紋太夫、あててみよ。なんでわしが出てきたか？」

「さあ……」

おだやかに首をかしげながら紋太失は食えぬ人だと心に思う。

「世のことわざにもござりまする。燕雀《えんじゃく》なんぞ大鳳《たいほう》の志を知らんや。紋太夫ごときに、ご老公のご心中ははかりしれませぬ」

「そうでもあるまい。キリンも老ゆれば駑馬にしかず、とわしを許するものもある由」

「もってのほかな。そのようなもったいないことを」

「紋太夫」

「はい」

「こんどわしが出てきたは、江戸へ最後の別れを告げたいためじゃ。それでな、ご苦労なされている柳沢弥太郎へも、心ばかりの進物をとどけてやった。弥太郎に何を届けてやったとそのほうは考える?」

6

「さあ……」

紋太夫はいきなり問題の中心にふれられてドキリとした。その進物は届いてまだ数刻、知っていればそれはかれと柳沢吉保の交わりのただならぬことを証明する。と、思うと、やはり正直にはいいえなかった。

「いったい、何をおつかわしなされました?」

「犬の皮をな、苦心して三十二枚ほど集めて送りとらした」

「ほほう、犬の皮? それはまた何の意味でござりましょう」

「そのほうは知らぬか。江戸ではな、いま犬の皮が非常に高く値が出ているそうな」

「犬の皮が……でござりまするか」

「そうじゃ。昔は豹の皮、虎の皮などが高かったが、高いと申しても人間の命などよりはずっと安いものであった。ところが近ごろでは犬の皮の値打ちは人間以上だとある。それほど珍重なものならば、これに限ると存じてな。わざわざ千住の向こうで犬狩りをやった。そして、獲物全部をつかわしたのであるから、今ごろ弥太郎め、よろこんでおるであろう」

紋太夫はニヤリとしながら、しかし額に汗がういた。

吉保はこれで老公を狂人になしうると笑っていたが、この皮肉がおだやかに出るようではまだまだゆだんはなりかねる。

「のう紋太夫」

「はい」

「弥太郎めは、やたらに人から物をもらうことが好きだと聞いたが事実か」

「さあ……」

紋太夫はまた答えられない問いにあって、ことばをにごした。

「なんといっても老中筆頭、将軍家ご信任の厚いおかたゆえ、何かと諸侯にたのまれる、それをあれこれさばいてやると自然その礼物などが届けられる、それをそねんでのうわさかと愚考いたしまするが」

「紋太夫、わしはそれがわるいと申すのではないぞ。そのほうの言い方を聞いていると、何か言いわけがましく聞こえてくる。が、わしのいうのはその反対じゃ。わしは不徳にして、あまり諸侯から進物を届けられなかった。今にして考えると、あれもほしい、これもほしいに、ほしいものばかりじゃ。損をしたと悔いているのじゃよ紋太夫」

紋太夫はいつか腰から足にさがって、まだ肉のしまったこむらをもみながら、だんだん息苦しさを感じてきた。

あかりが運ばれた。膳部の用意にかかったらしい。と老公は思い出したように小姓を

呼んで、

「これこれ、膳部はな、紋太夫の分もこれへと申せ。これが最後の出府ゆえ、わしはここにおる間は、ずっと紋太夫と寝起きを共にする。その旨中将どのに申し上げてな。とのいは紋太夫と助三郎のふたりに、わしから頼んだと申してくれ。なあ紋太夫」

「は、はい」

「そのほうは、わしのそばを離れてくれるな。わしはしみじみそなたと話してみたい」

「あ……ありがたきしあわせ」

とはいったが、紋太夫の面は蒼白になっていった。これではいっさいの自由な活動を封じられ、足どめを食ったも同じことだった。

「なに、長くはおらぬ。せいぜい四、五日じゃ。そのほうも窮屈であろうが忍んでくれよ」

「は……はい」

と、そこへ、池の端の本阿弥庄兵衛のもとへ使いに出した杉浦惣左衛門があたふたと帰ってきた。

7

杉浦惣左衛門は老いのほおにたかぶりを見せて、

「惣左、ただいま立ち帰りましてござりまする」

と、堅いことばであいさつした。そういえば当然老公が、お人払いをするものと思っていたのに老公は、

「そうか。では、いま起きよう。紋太夫、しばらく休め。休んでな、そのほうも聞いておいてくれ」

けろりとした表情でふとんの上へ起き直り、

「どうした。ふたりのありかを知っていたであろう」

と、あけすけに尋ねていった。

惣左衛門はちらりと紋太夫を見やって、

「少しくご他聞をはばかりますが」

「何を申すかッ」

と、老公はしかりつけた。

「紋太夫はわが家の柱石、小身なれど家老であるぞ」

「ははっ」

「家老の耳にいれてわるいことなどあってよいものか。のう紋太夫、そのほうもよく聞いておいて力をいたせよ。で、格之丞はいずれにおる？」

「はい。調べたままを申し上げまする。筆匠が姉娘千鶴とともに、霊岸島の柳沢美濃守下屋敷に幽閉されておる由にござりまする」

「なに格之丞が弥太郎めに幽閉されておる。格之丞はわしの家来じゃが……いや、それをいうとかどが立つ。何かふつごうがあったのであろう。よろしい、それで妹娘のほうは？」

「はい。それが……実は……」

　と、言いよどむと、

「何を遠慮しておる！　たわけめ」

「はい。実は、紋太夫どの屋敷へ姉をたずねて出向いたまま帰ってこない……由にござりまする」

「なに、紋太夫の屋敷に……紋太夫」

「はい」

「そのほうの屋敷に水戸の筆匠、石川なにがしの娘、藤と申すがたしかにおるか?」

紋太夫の顔いろは、だんだん青くなってゆく。

「水戸の娘……藤でござりまするか」

首をかしげて狼狽をかくしながら、

「ご用繁多のため、奥のことはほとんど拙者存じませぬが」

「いや、よいよい」

と、老公はかんたんに手を振った。

「そのほうの屋敷ならば安心じゃ。はいっていって出てこぬとあればおるものにちがいない。しかとそのほうに預けおく」

(しまった!)

紋太夫はおもわずうつむいてくちびるをかみしめた。

臭い——と思ってとめておいたお藤に、老公のお声がかかろうとは思いもよらなかった。

老公はうつむいた紋太夫の上へきらりと鋭い一瞥をくれて、

「藤のことはよいとして、そうか。格之丞と姉のほうは弥太郎が下屋敷か。ハハハ……

これはよかった。何もかもうまくゆくわい」

と、ひざをたたいた。

「紋太夫」

「は……はいっ」

「そのほうな、あす弥太郎が登城するまえに、柳沢の屋敷までわしの使いにいってまいれ」

「あの、美濃守さまお屋敷へ」

「そうじゃ。わしは人間の命よりも値打ちのある犬の皮を三十二枚もつかわしてある。たぶん弥太郎も、その返礼に何を贈るべきかと、あれこれ心を苦しめているであろう。が、それには及ばぬ。もともとつかわすつもりでつかわしたものじゃ。が、ただそれでは相手の心がすむまいゆえ、犬より安きにすぎる返礼は人間ふたりでよいとな。下屋敷の格之丞と千鶴をもらってまいれ」

のどかな声でいってのけた。

8

紋太夫は「はっ」といったまま、あとのことばは出なかった。まさに一刀両断の処置であり、骨を貫く老公のかぶら矢だった。

千鶴といっしょのくせ者は、紋太夫すら聞きだしていなかった。それが杉浦惣左衛門の娘紋太夫のむすこの格之丞であったことも意外だったが、仙台へ旅していた老公が、手のひらをさすようにその事を知っているのはさらに意外であった。

しかもそのふたりを、犬の皮の返礼にもらってこいという。

老公の声がかかったのでは柳沢吉保も、もはやふたりをどうすることもできまい。紋太夫は身震いした。

(なんという皮肉な、なんという驚くべき頭の持ち主であろうか)

老公は紋太夫がうなずくと、惣左衛門をふり返って、

「よし、そのほうはさがって休め。わしは紋太夫がそばにおればそれでよい」

と、退けた。

うやうやしく夜食の膳がはこばれた。器はひどくりっぱだったが、一汁五菜の料理は

質素なものであった。

「紋太夫、そのほうもいっしょにはしをとれ」

「はっ。恐れ多ければ、拙者は後ほど」

「遠慮には及ばぬ。君臣水魚の交わりということがある、今夜はそちに伽を申しつけ、この隠居にいたらぬところがあったら、あれこれとたしなめられたい。さ、はしをとれ」

紋太夫は観念して膳についた。こうして足どめされたまま、あす柳沢吉保のもとへ使いしなければならないのかと思うと、何を食べているのかわからなかった。

「のう紋太夫」

「は……はいっ」

「世間では水戸の家中に二つの派閥があると申しているそうな。そのほうはさようなうわさを耳にせぬか」

「いいえ、いっこうに……」

「そうか。一はこの隠居の派閥。もう一つはそのほうを取り巻く派閥。そのようなうわさを立ててよろこんでいる者に、こうしたところを見せたいものじゃ」

「は……はいっ。仰せのとおりにござりまする」

「家中に派閥などあってよいものではない。近い例が伊達家の騒動じゃが、そのためにあたら忠臣をたくさんなくした。その原因はいずれもお家たいせつに発しながら、争いに争いが重なって、ぬき差しならぬ事態を産む。中将どのは温厚なおかたゆえ、そのほうたちが心してくれよ」

「かしこまってござりまする」

「それともどうじゃ。紋太夫は、いっそわしといっしょに西山荘へおもむいて百姓をやるか」

紋太夫はびっくりして、おもわずはしを落としそうになった。

ようやく事の成ろうとしているときに、西山荘などへ連れてゆかれてはたまったものではない。

「ハハ……」

老公は笑った。

「冗談じゃ。冗談じゃ。そのほうでは一日くわを握ったら数日からだがうごくまい。そのほうにはそのほうのえてがある。わしは日本史の編纂で金を使いすぎた。あとのしめくくりをよくしてな。よいか、さすがに水戸の柱石といわれてくれよ。君臣の交わりに水魚もただならぬものがあったとな」

いつか老公は、しんみりとこの奸臣を説いている。紋太夫は顔もあげえず、わきから背筋へびっしょり汗をかいていた。

虎の咆哮

1

老公のそばで明かした一夜は、藤井紋太夫の心に大きな影を投じてきた。

はじめはきびしい皮肉であったのが、いつかひしひしと胸をうって教訓になっていた。

頭から押えつける感じではなく、心から紋太夫を愛し、当主綱条を思い、天下の民を憂えている。その間にみじんの矛盾もなく、一語一語のうしろに大きな自信が根をおろしている。

聞いているうちに紋太夫は自分の小ささが反省され、

(これは誤ったかな……?)

いくどか老公に、すべてを打ち明けてわびたいような気になった。

やはり、老公は『大日本史』という日本の柱をのこそうとするほどあって、得がたい名君であり、仁慈をわきまえた信念の人であった。

老公は日蓮を信じている。大日蓮は「われ日本の柱とならん！」そう叫んで『立正安国論』をのこした。

老公が正しい日本歴史を後世のために残そうと決心した裏には、その日蓮への信仰が、厳として存在する。日蓮に刃向かった鎌倉武士の太刀が折れ飛んだように、藤井紋太夫や柳沢吉保の太刀では老公の大義に徹した魂は切れそうにもない気がしだした。

不安につつまれた一夜を明かして起き出すと、すでに老公は白分の居間の小机の前に端座して、法華経を誦《ず》していた。

「おお、目がさめたか。昨夜はご苦労であった。ではさっそく朝餉《あさげ》をしたためての、弥太郎が登城するまえに、ふたりの身がらをもろうてまいれ」

「はっ」

とは答えたが、まだ自信はない。それにしても、なんというめんどうな使者をおおせつかったものであろうか。

自分から贈った千鶴を、こんどはくだされといわねばならぬ。それも血まみれの犬の皮を贈られたあとなのだ。

紋太夫は次の間で食事をすますと、あたふたと外へ出た。

「そうじゃ。帰るとまた足どめ、いったんわが家へ立ち寄って、お藤をつけ物蔵から出させておかねばならぬ」

老公のお声がかかった以上、今までのことは誤解であったと、お藤の感情のやわらぐよう、妻に申しふくめていたわらせておくべきだった。

紋太夫は馬屋からわが鹿毛《かげ》を引かせると、柳沢吉保の屋敷とは反対のわが家に近い小石川門へむけてむちをあてた。

青葉の山かげに鴉《からす》がいっぱいむれていて、しきりに不吉な声をあげて鳴きかわしている。

「お藤はよい。お藤はよいが、千鶴と格之丞は……」

駆けながら吉保になんといおうかと、そればかりが重く心にのしかかる。

と、いって、逡巡はゆるされなかった。

吉保の登城は人並みはずれて早く、登城されてしまったのでは、ご城内まであとを追うわけにはゆかない。

わが家の門をくぐると、紋太夫はわざわざ妻を呼び出して、早口にお藤の解放を命じた。

「よいか。誤解ですまなかった。これからはそなたの手もとで召し使うと申してな。老公のことはいわずにいたわれよ」

そう言いふくめると、そのまままた馬を返して呉服橋に向かった。

2

柳沢吉保はすでに衣服を改めていた。

門内には供ぞろいの用意もでき、式台には輿《こし》がすえられている。が、紋太夫のただならぬ訪問を聞くと、そのまま居間にかれを通した。そして、紋太夫が入り側にはいるかはいらぬかに、

「やって来たのだろう隠居が」

きびしい声で問いかけた。

「なぜ、もっとよく仙台の様子を探らせておかなかったのじゃ」

「恐れ入りました」

「といって、なにも取り乱すことはないのだぞ。たかが隠居ひとり、それも犬の皮など三十余枚もわざわざはぎとる乱心者。わしは登城したら直ちに上さまにそのこと申し上げて、何を申そうといっさいおとりあげないよう手配する」

「ははっ」

「そのほうはな、かねての打ち合わせどおり、なるべく騒がせぬよう、一日も早く西山荘へ送りもどして、そのまま監禁するがよい」

「はい。実はそのことにつきまして……」

「何か相談があるというのか。こちらから、連判状に血判している屈強な人数を、途中の警護と申してつけてやり、それをそのまま西山荘の監視人にしておくのじゃ」

「はい……実はそのことにつきまして……」

「まだ何かあるのか。登城の時刻も参っている。早く申せ」

「はい。恐れ入りますが、老公が申したとおり申し述べまする。そのほうが事情あきらかに判明いたしまするゆえ」

「うむ。と申すと、そのほうはきょうは老公の使者で来たのか」

「はいっ」

「よし、口上承ろう。弥太郎めに……と、申したであろう」

「仰せのとおり、弥太郎めに人命よりも貴重な犬の皮を三十二枚つかわした。たぶん弥太郎めも、その返礼に何を贈ろうかと頭を痛めているであろうと」

吉保は苦々しい顔つきで笑っているよりほかなかった。

「皮肉な隠居じゃ。顔が見えるわ」

「あれこれ頭を痛めさせてはきのどくゆえ、そのほう参って、返礼の品、もらってまいれとの仰せ」

「返礼の催促か。ハハ……、たぶん金子であろう。つまらぬ史籍などに金を使いすぎ、西山荘の普請代にこと欠いている由聞きおよぶ。いかほどもらってまいれと申した？」

「それが……金子ではございませぬ」

「金子ではないと……？」

「はい。人間ふたり、もらってまいれと……いやはや、面目しだいもなき使者でござります る」

「なにっ、人間ふたり……」

吉保はポンポンとひざをたたいて、しかしすぐにみけんへ深いしわをきざみ込んだ。

「人間ふたり……当方にあることなどだれが隠居に告げたのじゃ。ほかのものならとにかく、こればかりはあいならぬ。そのような者は当屋敷にはおらぬとな。何か聞き違えたのであろうと」

「恐れながら……」

また紋太夫が言いかけると、吉保はいつにないきびしさで首を振った。

「重ねて申すな。これは隠居に対する庶民の夢、庶民のあこがれを砕くになくてはならぬだいじな品じゃ」

3

紋太夫はぼうぜんとして、しばらく考えがまとまらなかった。

吉保が渡さなかったといってもどって、そのまま納まる老公ではない。といって、吉保が渡すまいとしている意味もよくわかる。

（この場合、いったいどちらがたいせつなのか？）

老公を騒がせぬようにするが得策か。

ふたりを止めおくが得策か。

と、考えてきて、紋太夫はぞっと背筋に悪寒を感じた。

「恐れながら、紋太夫、このまま立ちもどりますると、皮肉無類なご老公ゆえ、紋太夫めに切腹申し付けるかと存じまするが」

「なに切腹……」

「は、はいっ」

「たわけたことを申すな紋太夫。そち少々血迷っているようじゃぞ」

「で……ござりましょうか？」

「いま少しく冷静に思案してみるがよい。よいか。当屋敷にあるものを渡さぬと申す必要がどこにある。そのような者はおらぬと申した。おればもちろんほかならぬご老公のことゆえ、二つ返事でお渡しするが……予がそう申したというのに、なんでそちに切腹が命じられる。おらぬのじゃ。おらぬものが渡せると思うか」

たたみかけられて、紋太夫は平伏した。

まさに、そのとおりであった。

これだけきっぱりと吉保が言いきる以上、ふたたび老公が、どこにどうしてふたりがおると指摘しても、すぐによそへ移すであろう。

(そうか、いないものは渡せぬ道理だ……)

「恐れ入りました。たしかに仰せのとおり、立ちもどって言上いたしまする」

「そうであろう。隠居にはな、いばりたい癖がある。相手が弥太郎めなどと申してもさようなことばはききすてて、こちらからの口上丁重に申すかよいぞ。公儀のご用繁多でなくば、弥太郎すぐにもまかり出て、ごきげん奉伺いたしたいところと、ひどく残念がっていた由をな」

「肝に銘じて、その旨お伝えいたしまする」

老公のそばにあっていささか反省しかけた紋太夫は、ここでまた以前の自信を取りもどした。

老公がいかにほゆればとて、これは野にある一頭の虎にすぎない。柳沢吉保の手には、その虎をしとめる権力という鉄砲が無数に握られているのではなかったか。

(こんなことにぐらぐらして、どうして大事がなせるものか)

と、そのとき紋太夫の妻の父、藪田五郎左衛門があたふたとやって来て、吉保に何か耳打ちした。

「なに、お坊主の佐野福阿弥が参ったと」

「はい、内々でお耳に入れたいことがと申して下城の途次に」

「よい。ここへ通せ」

「はい。お通しいたしまする」

五郎左衛門はすぐに引っ返して同朋衆の中で、特に吉保が目をかけている福阿弥をつれて来た。

「福阿弥か、ご城内に何か変わったことが」

「はい。お殿さまご存じかどうかと存じまして。ただいま水戸のご老公。行列美々しくご登城なされて、本丸ご休息の間に上さまとご対面中にござりまする」

「なにっ！　あの気違いめが……」

吉保の面上からサッといちどに血のけがひいた。

4

「あの気違いめが、すでに登城して上さまと……」

「はい。上さまはご迷惑げにござりました由なれど、あのご気性ゆえたってと申され、やむなくお許しになられましたとか」

福阿弥のことばは、いちいち吉保の胸にくぎを打ちこむことばであった。

「紋太夫！」

「はっ」

「そちは……そちは、なんというたわけた男だ。隠居がそちを、わしのところへよこしたのは、あのふたりの身がらもさることながら、わしの登城を遅らすためと、気がつかなかったのか、うかつ者！」

言われて、紋太夫もふるえだした。

「恐れながら、昨夜からけさにかけて、老公には登城遊ばすようなけはいはまったく……」

「黙れ！　それが隠居の手と気がつかぬか」

「はっ」

「これはまたなんとしたことか。福阿弥、それではさだめし上さま、わしの登城のおそいをご立腹なされておわすであろう」

「はい。美濃守は参らぬか。参っていたら、予の代わりにさきの中納言と会うようにと」

「そうであろう。これはこうしてはおられぬ。福阿弥ご苦労、紋太夫は帰れ」

言いすてて血相変えたまま吉保は立ち上がった。

「では、ごめんなされませ」

福阿弥も吉保のあとにつづいてへやを出てゆき、大玄関へは、高々と吉保の出立が告げられたが、紋太夫はとっさに立ち上がる気力もなかった。

なんというあざやかな老公のやり方であろうかと、そのおどろきの裏に、不吉な想像と戦慄がからんでゆく。

これまでにして登城する老公の決意。

その老公を感情的に拒んでいる将軍綱吉。

そこへ血相変えた柳沢吉保が登城してゆくのである。

もし万が一にも殿中で血を見るようなことがあったら、それこそ天下大乱のもとになろう。といって、事件が殿中のこととなっては、陪臣の紋太夫には手のほどこしようもなかった。

（そうだ。これはこうしてはおられぬ）

急いで小石川の屋敷へもどって、とにかく当主の綱条にこの由をかくさず告げて、善後策を講ずるよりほかにない。

「いったいこれはどうしたのじゃ」

吉保を送り出して、奥の舅藪田五郎左衛門がせかせかともどってきた。

紋太夫はその驚愕にゆがんだ五郎左衛門の顔を見たときに、ようやく腹が決まってきた。

「いや、たわいもないこと。ご心配には及びませぬ」

そのうえは当主綱条と、ひざ詰めで話し合い、是が非でも老公に従わざるようすすめてみるよりほかにない。

それで万一綱条が承知しなければ、どうせ生きていられぬはめに追い込まれるわが身、いっそ刺しちがえて死のうと思った。

（そうだ、それが身分低く生まれてきて、水戸家老にまで成り上がったわしの最期にふさわしい）

紋太夫はぐっとはかまのひもをしめ直し、

「ご心配はご無用に」

舅へ青ざめた微笑をのこして、そのまま廊下へ出ていった。

廊下からは、この騒ぎの原因の主、吉里君が侍女にとりまかれて、青葉の下を歩いているのが見うけられた。

5

江戸城の将軍御座の間は、うしろに舞台、南にあたたかい日ざしをうけて、お鳥屋が作られてあった。

生類あわれみの令を出して、それが庶民を苦しめる最大の悪法になっているとも知らず、そこにはさまざまな小鳥類から尾長鶏、孔雀の類までが時を得顔にあそんでいた。

下段の間は砂子天井、将軍のすわっている上段の間は鏡天井であった。

お側衆は下段のお次の三の間に控えさせられ、室内には将軍と水戸黄門と佩刀をささげた小姓だけであった。

小姓は太刀をささげた人形のように動かず、その反対に、昨夜も大奥で酒をすごしてきたらしい将軍の綱吉は、神経質に脇息の上で手をふるわしていた。

むろん、水戸の黄門を下段におくわけにはゆかなかった。

黄門は家康の孫。三代家光の子にうまれた将軍は曽孫なのである。

ふたりが向かいあうようにして上段にすわっていると、じだらくなむすこが厳格な隠居にしかられているように見えた。

「世俗でしばい見物のおり、よくつんぼ桟敷《さじき》……ということばを使うを、上さまはご存じでいらせられますか」

「知らぬな」

「このつんぼ桟敷にすわらせられると、見物どもからはいかにもりっぱに見えるが、舞台のしばいはよく見えず、せりふはさっぱり聞こえない。今の大名衆の中にも、このつんぼ桟敷にすわらせられて、自分の領民がどのように苦しんでいるか、自分の命じた政治が、どのように行なわれているか、さっぱり知らずにいる者がたくさんござる」

「と、いわれると、予もつんぼ桟敷へすわらせられているといわれるのか」

「いやいや、そうあってはあいならぬと申し上げているのでござりまする。なぜ上さまはもっと老中、若年寄などを多くお近づけにあいならぬのか。側近に人の数が少ないと、民の声は聞けませぬ」

「うーむ」

将軍はいかにも興なげに、お入り側までさしかけてくる日の光を見やって、

「老公はからだのぐわいがわるいと聞いたが、なかなか元気だの」

「それなども近づける人が少ないゆえ、上さまのお耳には事実の伝わらぬ証拠でござりまする。実は、じいがわざわざお目通りを願い出ましたのもそのことでござりまするが」

「そのこととは……？」

「久々に出府してきてみると、水戸の隠居は気が狂うたと、もっぱらのうわさなそうで」

「おお、予もそれを耳にしたゆえ心配いたしていたのじゃ」

「もってのほか、じいはピンピンして、西山荘でことしは野菜ばかりか米も作るつもりでおりまする」

「その年で農耕は毒であろう」

「からだに毒であっても、みずから耕すことにより、百姓どもの難儀がわかる。それを

知らずにいると、いつの間にかつんぼ桟敷におかれまする」

将軍はまゆねにあらわな不快をきざんで、

「元気でなによりじゃ。予も安堵いたした」

と、顔をそむける。

が、そんなことで遠慮してひきさがる老公ではなかった。

「上さま!」

「なんじゃの」

「上さまはまさか、ご自分の出生をお忘れではござりますまいな」

「なにっ、予の生まれ……」

あまりのことばにサッと青白い癇筋《かんすじ》が将軍の額にういた。

6

「老公は何か、予に不満があって諫言に参ったのか。予も、もう子どもではないぞ」

老公はぎらりとうわ目で将軍をにらみかえした。

「上さまの出生と申しても、犬年生まれゆえ、犬を愛せなどというたわいないことを申しているのではござりませんぞ」

「ことばがすぎぬか。ご老人」

「すぎたらお手討ちになされませ。上さまは将軍、わが家は代々の意見番。諫言してお手討ちとあれば、地下で東照神君への申しわけは立ちまする」

「いったい、予のどこがわるいと言われるのだ」

「つんぼ桟敷!」

老公はぴしりと白扇でひざをたたいた。

「上さまのことを、下世話でなんとうわさしているかご存じでござりますまい。弥太郎ずれには、真実をお耳に入れる勇気はない」

「なんと申しているというのじゃ」

将軍は片手をぐっと脇息の上に立てて、むくんだ顔をひきつらせた。

「犬公方《くぼう》と申しておりまする」

「なに犬公方……?」

「人間の命よりも犬を愛すと……これをなんとおぼし召す。上さまの優しいお心、畜類の上にまでさし伸べようとなさるお心が、下々の役人どもの手にかかると、人より犬という、もってのほかの下々いじめに変わってゆく。じいのことばはお耳に痛いにちがいない。が、このじいの目の黒い間は、上さまは暗愚なおかたと、下々にうわさはさせられませぬ。上さまもご存じのはずじゃ。北条氏を滅亡にみちびいた高時は、愛犬ににしきの衣装をまとわせ、輿にのせて人間に土下座させた。その愚かさを歴史は永遠にあざ笑う」

「もうわかった！　犬を輿に乗せはせぬ」

「これはまたつんぼ桟敷、現に乗せて人間に土下座をさせておりまするぞ」

「それは……それは事実か、ご老人」

老人はゆっくりとうなずいた。

「上さま、そうしたこともないのに、なんでこのじいがわざわざお手討ち覚悟で出府いたしまするものか。ご明察なされませ」

「そうか……そのようなことが」

「ござりまするゆえ、ご政道はことごとくみだれてゆく。賄賂は天下周知の事実、かたくなな武辺の争闘はなくなったが、そのかわりに人倫のみだれは言語に絶するものがござりまする」

将軍はわなわなと震えながら黙ってしまった。自分をひとかどの名君と信じている者にとって、これだけ手きびしい非難はまたとあるまい。

むろん相手が、老公でなかったら、ただで済むはずはなかった。

といって、神君の孫の老公を切りすてるわけにはゆかない。

「上さま！　ご政道はどこまでも民の声を聞き、民を生かすが第一義でござりまするぞ。その第一義がみだれて、末のみだれぬはずはござりますまい。そこでじいは、上さまに一大決意を願いたいと存じてまかり出ました」

「畜類をあわれむなというのか」

「いいえ、上さまのご出生をお考え願いとう存じまする」

「わからぬ。もっと率直に申してみよ」

老公はぐっと白扇をひざに立て、

「いったい上さまは、お世継ぎをどうあそばすお考えか。まずもって、じいはそれをはっきりと上さまのお口から承りおきたいと存じまする」

けいけいと光るひとみを、ぴたりと将軍の額にすえて言いきった。

世継ぎといわれて、将軍の表情はいよいよ曇った。まさかこの席で、そうしたことまでは言いだすまいと思っていたのだ。

(これは狂人どころか、とんだ言質をとりに来たのだ……)

そう思うと、きょうに限って、なぜ柳沢吉保の登城がおそいのかと、むかむか腹がたってきた。

「これも世評ゆえ、真偽のほどは存じませせぬ。が、弥太郎ずれの小せがれに、上さまとくべつにお目をかけられておられるとか」

「これこれ、そのことはうかつに申すな」

綱吉は苦い顔をして手を振った。

「あれはの、わけあって弥太郎に預けてあるが、実は予の胤《たね》じゃ」

「これは異なことをおおせられる。すると上さまはこともあろうに、弥太郎ずれがめかけにお手をつけられたのか」

将軍は、ぐっとことばにつまって、

「そうではない。予の胤をやどしていたを知らずに弥太郎につかわしたのじゃ」

苦しまぎれにほんとうのことをいってしまった。老公はニヤリと笑って、

「ああ、さようでござりましたか。それならば安堵いたしました」

「安堵とは？」

「そのようなことならば、二代将軍のときにも前例がござりまする。保科正之《ほしなまさゆき》を産ませられ、これをそのまま会津に封じて臣下の列に加えられました。弥太郎にくだされたのならば安心。いやはや、老人の取り越し苦労でござった。世間では、弥太郎の子を上さまが、将軍家のお世継ぎになどと……とんでもないことを申しますゆえ、じいはこれこそ天下大乱のもとと、お手討ちを覚悟でまかり出たしだいでござったが」

綱吉はあざやかに先を越されて二の句がつげなかった。ふたたび目をそらして、ただぶるぶると震えている。

「たとえば……」

と、老公はことばをつづけた。

「まこと上さまのお胤であっても、いちど下されて弥太郎の家で生まれた者など、もし

この城にいれるようなことがあっては、それこそ天下の諸侯に示しがつきませぬ。世間ではそうは受け取らず、弥太郎めが恩寵になれて、自分の子を上さまのお胤だなどといくるめた。弥太郎は、末代まで大不忠臣とののしられ、上さまは暗愚なおかたと嘲笑され、徳川の血筋など信じられるものかと宗家をけいべつされまする。そのようなことがあっては、けっして政治は執れませぬ。いや、承って安堵いたしました。紀伊、尾張でも、このことをひどく心にかけているらしい。わしから安堵するよう、さっそく伝えておきましょう」

老公は一気に言いきって、それからこんどは声をおとした。

「上さま……」

「……………」

「もし、上さまお胤にちがいなくば、吉里に、二、三万石加増しておやりなされ」

将軍はくちびるをかんだまま、もう老公のほうは見なかった。自分の世継ぎにできなければ、いま西の丸にはいっている家宣《いえのぶ》の次にでもぜひとも将軍にしてやりたいと思っている吉里に、二、三万石やれというのだ。

(こんな皮肉なじいがあるであろうか……?)

しかし、そのいうことにはいちいち道理が通っている。うかつなことをすると、たしかに吉保は大不忠臣とののしられ、自分は暗愚、徳川家は威厳を失して滅亡の基を作ろう。

綱古は完全にとどめを刺されたような混乱の中で、ただじりじりと老公が憎かった。

（いったいこのあと、なんで思い知らせてやろうか）

と、そのときに柳沢吉保の出仕を知らせるお坊主の声がひびいてきた。

8

「おお、吉保が参ったな」

将軍は救われたように顔をあげて、

「たれぞある。吉保をこれへ」

と、次の間へ声をかけた。声をかけなくても、吉保はやって来ていたかもしれない。老公に先を越されては、吉里擁立のかれの計画はめちゃめちゃだった。

かれはいってくると、青じろんだ表情でくちびるをかみ、老公を無視して、つかつかと上段の前へすすんだ。

「柳沢美濃守吉保、ただいま出仕いたしましてござりまする」

ぴたりと両手を突いてあいさつしてから、はじめて気づいたように、

「これは水戸のご老公にわたらせられまするか」

「弥太郎!」

老公はくわっと眼を見開いて、ほえるように呼びかけた。

「なんでござりまする」

「そのほう上さまのおそばにありながら、世間にあらぬうわさを立てられ、上さまの御徳をそこないおること存じておるか」

「さて、なんでございましょうか。ご老公のおことばなれど、上さまの御徳をそこなうなど、とんと思いあたりませぬが」

「たわけ者!」

老公はぴしりと白扇でひざをたたいて、

「世間では、上さまのことを犬公方と申しておるわ」

「え……さようなことを」

まさか将軍自身の前で、犬公方とまでいわれるとは思いがけなかったので、おもわず吉保はたじろいだ。と、それを見てとって、老公の叱声は烈風のように飛んでくる。

「不届き者め。そればかりではないぞ。世間では弥太郎め、恩寵になれてわがせがれ吉里を、上さまお胤なりといつわり、天下横領の陰謀を企ておるとまで申しておるぞ」

「え？　そのようなこと……」

「申し開きは不要にいたせ。まさかそのようなうわさが事実とは、この隠居も思うておらぬ。まして、そのようなたくらみに乗じられる上さまでもない。が、弥太郎！」

「はっ」

「そのようなうわさが立つというのは、そのほうのどこかに欠くるところがあるゆえと反省せねば相ならぬ。上さま生類おあわれみの令は、諸人の上に犬をおけと申すのではない。動物たりともゆえなき虐待をいたすなとのお心じゃ。そのご仁慈が通るよう、直ちに手配をいたせ」

「ははっ」

「それから、これは念のために申し聞かしておく。わが水戸の当主中将どのは、だれの実子か存じておるか」

「はっ、ご老公の御兄君、松平讃岐守さまご長子にわたらせられまする」

「なんでわしが兄の子にあとを譲ったか、その意をなんと思うぞ」

はっとにらみつけられて、吉保は救いをもとめるように将軍を仰いだ。

が、いろいろ意表をつかれて、将軍もなんと声のかけようもなく、渋い表情でわきを向いている。

やむなく、吉保は両手をついたまま、

「ご老公のご思案なれば、この吉保などには計りかねまする」

隠居のすることなど知るものかと言いかえしたつもりであったが、それを聞くと老公は、

「さてさて弥太郎はたわけたやつ」

と、吐き出すようにいって、またぴしりとひざをたたいた。

9

世俗にいう、役者が違う——とはこのことだった。天下の諸侯に鼻息をうかがわせる

柳沢美濃守も、厳とした信仰の上にすわって、かつての日蓮のままの老公に、獅子吼をあびせられては身のすくむ思いであった。

それに、当然自分を弁護してくれるものと思っていた将軍が、一言も発さない。だいいち、吉里をそのほうのせがれなどといわせて黙っていては、すべてが終わりではないか。そのあせりと戸惑いとで、見るまに額へ汗がういた。

「弥太郎！」

「はっ」

「申し聞かすぞ、よく心にとどめておけ。わしが兄の子に家督を譲ったのは、長幼の序をきびしくふんで、道のみだれを防ごうためじゃ」

「はっ」

「本来なれば、兄が水戸家を継ぐべきもの。それがゆえあって、わしが継がねばならぬことになった。よいか、それをよいことにして、そのままわしの子に渡したら、わしは家を横領したことになる。また、それが例となっては、あの子に継がせようか、この子にしようかと、親の迷いに絶えず家は動揺する。そのうえ家臣の中にたわけ者があると、長子党、次子党と党派をうんで、お家騒動のもとになるのはしれたことじゃ。それゆえわしは、兄の子を迎えてきて、いったんの誤りを正した。その道理がそのほうにわからぬか」

「はっ。相わかりましてござりまする」

「わかればよい。わからねばそのほう、上さまへのご奉公はかなわぬぞ」

「ご奉公がかなわぬとは？」

「考えてもみよ。上さまにも、この黄門とおなじ事情、おなじお心にわたらせられる」

上さまが老公と同じ心といわれて、吉保はいっそうまよった。

（いったい、それはなんのことなのか？）

と、老公ははじめてきびしい表情をといて、

「弥太郎、心してご奉公せよや。上さまもな、わしと同じように兄君、甲府公をさしおいて宗家を相続なされたおかたじゃ。これはもちろんゆえあってじゃ。兄君をさしおいてなどという、道理にもとったご意志が上さまにあらせられるはずはない。その証拠に、わざわざ甲府から兄君の子家宣どのを西の丸に迎えていらせられる。上さまがわしと同じ心で、宗家のみだれを正さんとおぼし召されているのが相わからんでは、ご奉公はかのうまい」

吉保はおもわずまた将軍のほうを見やった。これは吉保にいっているのではなく、明らかに将軍綱吉に聞かせているのである。

「わかったであろうな、弥太郎」

「はっ」

「では、これからも、上さまのお心にたがう、あらぬうわさなど立てられぬよう戒心せよや。わしも久々に出府したゆえ紀伊、尾張の両家へも今までのうわさは根も葉もないことお心にかけられぬよう、宗家は大安泰と申しておく。よいか、わかったか」

吉保は頭を下げたまま、こんどは声も出なかった。

この一匹の猛虎のために、吉里擁立の陰謀はむなしい一片の夢と化した。

それにしても、なんというおそるべき迫力であろうか。一つ一つの行動が、名人の棋譜のように一分のすきもなく編まれてあって、卯《う》の毛で突くほどのすきもない。

両手を突いたまま、吉保は全身をふるわして男泣きに泣きだした。

狂恋青葉

1

お藤は冷えたつけ物蔵から呼び出されたとき、

（いよいよ切られる……）

と、覚悟した。もはや藤井紋太夫とその一派が、反老公の徒党を組んで何ごとかたくらんでいるのは、お藤にもはっきりと感じられる。

「さ、出てきたら、まずおふろへおはいりなされ」

呼び出した老女にいわれて、お藤はすなおにうなずいた。切るまえに身を清めよというのであろう。

そう思って、ふろから出ると、そこには新しい下着類から小そでまでが出されている。その小そでに手を通すとき、ふと格之丞の体臭が思い出された。

恋しかった。もうひと目でいい、会いたいと思った。

池の端の離れで契った一夜が、まだそのまま感覚の中に生きている。うっとりと全身を溶かすような、焼くような官能のうずきが。

帯をしめながら、その感触までが、格之丞の腕に思えた。

しめ終わって髪をくしけずって、見るともなしに高い窓から外をのぞくと、庭の木々はもうゆさゆさとした青葉に変わろうとしている。五月の風がまぶしく湯あがりのほおをなでた。

（逃げたい！）

と、ふと思った。しかし、それは許されまい。この窓から出られても、高いへいは越せそうにもなかった。

「用意は？」

と、外で老女がうながした。

「はい。ただいま」

お藤は恋しい人の面影をふりきって、このうえは従容《しょうよう》と切られようと思った。

「こちらへ」

「はい」

それにしては、家の中が妙に森閑としている。老女はお藤を奥方の居間に案内した。

「お藤か……」

「はい」

「近う来やれ。そなたにもつらい思いをさせましたなあ」

お藤はけげんな顔で、いわれるままに奥方のそばへいった。

「実はの、お家の中にも、いろいろとむずかしいわけがあって、そなたはだれかの回し者と思われた」

「はい」

「それで、そなたの身もとがわかるまで、わたしのそばへ置くこともかなわなかったが、許してたもれ」

「は……?」

「でも、よく調べて、なんの疑いもない娘とわかりました。それできょうから、わたしのそばへ召し使いまする」

そういったあとで奥方は、あらためてお藤をながめわたした。

「その小そではよく似合う。そなたはしあわせな生まれつきじゃ」

「……で、ござりましょうか」

「そうとも。そなたほどの美しい娘は、この屋敷にはおりませぬ」

「………」

「お藤！」

「はい」

「だんなさまが、もしそなたに妙なけぶりを見せてもな、お心には従うまいぞ。よいか。そなたが、あまりにきれいゆえ、わたしはそれが案じられてならぬ。頼みましたぞ」

お藤はきょとんとして、奥方の豊かなほおに目をすえていた。

2

女には男に計算できないべつの感情があるらしい。藤井紋太夫は、お藤をたいせつに扱うように命じはしたが、嫉妬せよとはいわなかった。

ところが、たいせつにせよといわれたことばが、夫の美貌を信じている奥方には、ひどく気にかかることばらしかった。

「では、よいかえ。くれぐれもだんなさまのこと心得ての。まめに仕えてくだされや」

「はい」

「わかったら、きょうはゆっくり休むがよい」

奥方は老女を呼んで、かんたんにお藤を連れ去らせた。奥方の居間から二つへだたった小べやが、お藤に与えられたのである。

お藤はそのへやの中央にすわって、しばらくぼんやりと考えこんだ。何かたいせつなことがぼかされていて、自分がそのまま生きていられるというのがうそのような気がした。

(これだけなのだろうか……?)

あらためて室内を見回すと、窓はあったし、小さなぬれ縁もついている。自由に庭へも出あるけるようになっていて、だれも見張っている者はない。

ジーンと、お藤は胸の中が熱くなった。

またしても、格之丞のことが思い出されたのである。

(どこでどうしているだろうか？　今でも姉さまといっしょかどうか？)

お藤は立ち上がって障子をひらいてみた。湯殿で見たよりもいっそう明るい日ざしが、ぬくぬくと木々のみどりにあたっている。

ぬれ縁の下にげたがあった。

(自由に歩ける……)

それがふしぎな気がして、そっとげたをはいて、またあたりを見回した。

だれも見とがめる者はなく、微風がやわらかくはだをなでて流れてくる。

そっと左手の南天の株をまわって柿の木の下に立った。

柿の葉はほかの木よりも芽ぐみがおそい。まだわかい葉の表が、みどりごのくちびるのようにやわらかだった。

それを一枚、無意識にちぎって、また歩いた。

さっきの湯殿の外へ来た。

と、その先に小さなまき小屋があり、その肩越しにへいが見えた。

へいにうがった小さなくぐりへ視線がいったときに、お藤はドキリと心臓の波打つのをおぼえた。

かわいた小さなとびらの外は、もう藤井紋太夫の屋敷うちではないと思うと、急に意識がはっきりした。

(逃げるならば、今!)

お藤は胸をおさえて、もう一度そっとあたりを見回した。そして、反射的にくぐりのとびらへむけて走っていった。

どうしてとびらをあけたのか、締めたのか、わからなかった。

(出られた!)

と、思った瞬間に、またかっきりと格之丞の顔がまぶたにうかび、それがどこかで大声に呼んでいるような気になった。

お藤は駆けだした。

どの方向へ駆けているのかわからない。が、自分の行くべき道はきまっていた。それは格之丞の胸へ——。

お藤は駆けた。

3

夢中で駆けている間に、お藤はいつかたずねた覚えのある水戸屋敷の前に立ってい
た。
ハッとした。もしこの辺で、紋太夫や、その一味の者の目にふれたら、それこそどう
なるかわからなかった。
（そうだ。とにかく池の端をたずねてみなければ……）
門の前をのがれるようにお茶の水への坂をのぼった。このあたりにはおぼろげに記憶
があった。
湯島へぬけて、それから池の端へ坂を下る。
わずかに見ぬまに。自然はすっかり明るい初夏に姿を変えて、それが自分たち姉妹の
上にも、取り返しのつかない距離を作ってしまったような不安とあせりが心にあった。
池の端の本阿弥庄兵衛の家を見たときには、あぶなく倒れそうな気がしてきた。
裏のくぐりを夢中でひらいて、庄兵衛の居間の縁の外にたどりつくと、
「だれだ！」
庄兵衛は自分から障子をひらいて、
「あっ、お藤……じゃないか」

お藤は胸をたたきながら、縁へのめった。

「どうしたのだ。よくまあ生きて……」

急いでお藤を助け起こして、

「水……だれか水を持ってこい」

と、台所へどなった。

「お藤、しっかりしろ。いいか。水戸からご老公が出府されて、格之丞と千鶴どのはどちらも助かる……と、めやすはついたぞ」

「えっ……姉さまも、格之丞さまも……」

お藤は、運ばれた水を一気にのみほすと、

「いったい、どこにご無事でいたのでしょうか」

「霊岸島の、柳沢家下屋敷、そこへふたりで監禁されていたのだ」

「霊岸島……」

「さ、人目についてはまずい。とにかく中へはいれ。話はゆっくり……」

「はい」

「それで、そなたはやはり紋太夫の家にいたのか」

「はい。あやしいやつとつけ物蔵にほうり込まれて……でも、きょうはじめて出されて、逃げてきました」

「よかった！　よかった！　あるいは、それもご老公から何かお声がかかったのかもしれぬ。ご老公は堂々とご登城されてな。その席上で、柳沢吉保、さんざんにしかりつけられた。乱心どころか、さすがは水戸の雷と、ご城中はその評判でもっぱらじゃ」

それを聞くとお藤は、ワーッと声をあげて泣きだした。

「では……ご老公さま、ふたりを返せと……」

「そうじゃ。強い掛け合いをなされたそうな。これで、わしもはじめて胸のつかえがおりた……そなたも無事、ふたりも無事……」

「まあ……夢のような気が」

「いずれふたりを受け取りしだい、水戸屋敷からたよりがあろう。そうすれば、何もかもうまくいこう。そなたも苦労のしがいがあった……」

お藤は、全身の力がいちどに抜けて、ことばがのどを出なくなった。

（これでいい。これで格之丞との楽しい生活を待つばかり……）

ボロボロと、熱い涙がとめどなく流れて、お藤は庄兵衛の顔を見つめたまま、いつまでも嗚咽を止めなかった。

4

お藤が、池の端の本阿弥庄兵衛の家にたどり着いたころ――。

ここ霊岸島の水鳥御殿では、石畳の間からまぎれ込んできた小蟹二匹を見つけて、格之丞と千鶴がそれをはわせて遊んでいた。

へやの中はいぜんとして薄暗く、潮の香がかびをふくんでいる。

「あ、かわいそうに、わたしの小蟹のはさみがひとつありませぬ」

千鶴が小蟹を手のひらにのせて、すかしてみると、格之丞もおなじように手のひらにのせてみせた。

「拙者のは足が一本たりぬようだ」

「蟹には蟹の苦労がある。悲しい旅をしてきたものとみえまする」

「悲しい旅か……そんな話はよそう、千鶴どの。さ、どちらが早いかかけくらべ」

「はい」

と答えて、しかし千鶴は蟹をはなさず、

「格之丞さま」

語尾に甘えたなじりをにおわせて、

「まだこなたさまは、千鶴どのとおっしゃる」

「よいではないか。さ、かけくらべじゃ」

「いやいや、いやでございまする。千鶴とお呼び捨てにならなければ」

格之丞は困ったようにまゆねをよせて、

「では、千鶴……」

「あい、格之丞さま」

「それ、はわすぞ。よいか」

「あい」

同じ畳の縁からはわすと、二匹の小蟹はいそいで潮の香の濃い石畳のほうへはってゆく。

どこにかれらの自由があるかを、本能的に知っているようだった。

千鶴が大きく吐息した。

「格之丞さま、このままはなしてやりましょう。やはり水が恋しいのです」

格之丞はそのことばにわざと従わず、自分の小蟹をまたつまんだ。

そして、それを目の上にかざしてきて、なんの意味もなくブーッと熱い息をかけた。

格之丞は、ここでふたりが、こうして生きていることを忘れようとしているのである。

老公の血筋。

お藤の姉。

どのことを考えても胸が痛んだ。

むろんはじめは、こうなるよりほかに千鶴の心をおちつける方法はないと思って結ばれたのであったが、結ばれてみると別な自責がわいてきた。

(自分には武士にあるまじき淫蕩の血が流れているのではなかろうか……)

そんな気がしてきたり、千鶴も老公の血筋と打ち明けなかったのも、お藤と自分の関係を秘めてきたのも、いつかこうなるときを期待しての計算ではなかったかと思えたりした。

「格之丞さま、さ、離しておやりなされ。もう一匹が、ひとりになってはかわいそう……」

千鶴はやわらかく格之丞の肩に手を回して、手のひらの小蟹を自分の手のひらにうけた。

そして、石畳のほうへむけて離してから、

「蟹もふたり……わたしたちもふたり……」

そっとほおを格之丞にふれてゆく。泣きたいような笑いたいような孤独と欝屈の底で、恋の火だけは容赦なく燃えつづける。

と、そのとき、入り口のくらがりで、ホホホとはじけるような笑いがおこった。

「まあまあ、いつもお仲のいいこと。わたしのからだまでかっかとしてくる」

女中のお時の声であった。

5

お時の声に、ふたりはびっくりして左右にはなれた。

いつも食事の前後以外には姿を見せないお時が、なぜいまごろやって来たかと差恥の体でいぶかった。

「さ、水鳥さん、いいお天気ゆえ、外へお出なされませ」

「え？　なんといわれた？」

「この御殿では気も腐ろう、外はみごとな五月晴れゆえ、お誘いに参りました」

「すると……拙者たちに、外の日の目をみせようとか」

「舟遊びをしようと決まりました。大川を向島あたりまでゆくかもしれぬ。さ、お女中衆のおぐしは、わたしが直して進ぜましょう。まず明るいへやへ」

格之丞はそっと自分のひざをつねって、それから千鶴をかえりみた。

千鶴も二つのひとみをいっぱい見張ってぼんやりしている。

「いったいそれは、どなたのおさしずじゃ」

「このお屋敷を預かるご家老さまのさしず、まさかに逃げもすまいゆえ、年に一度の舟遊び、いっしょに参ってよいと許しが出たのじゃぞえ」

信じられない気もしたが、舟の上ゆえ、逃げられぬと計算しているようにもとれる。

いずれにしろ、日の目の見れるということは、飛び立つほどのよろこびだった。

「では、ご好意に甘えよう」

「あい」

お時は楽しそうに、フフフと笑って千鶴の手をとった。

「かわいい殿ごでなくてご不満でもあろうがの、きょうはわたしが、おまえさまの髪化粧をてつだいまするぞえ」

一歩このへやを出ると、あたりはまぶしいほどに明るかった。

「だいじょうぶであろうの、足は……」

廊下を歩かせられると、どちらも足もとのあぶない思い。が、それ以上に庭の青葉の新鮮さがうれしかった。

（青葉というものは、こんなに美しいいろをしていたのであろうか）

人のいるところでは互いに互いの名は呼ばなかったが、何かを感じるたびにふたりの視線は合ってゆく。

どうやら時間という魔物、お藤以上に千鶴への親しみを増させたらしい。お藤にすまぬと反省しながら、千鶴と別れる日の想像はつらかった。

ふたりは入り側つきの小書院にみちびかれ、そこでお時が、いかにも楽しそうに千鶴の身じたくをてつだった。

出された小そでのぜいたくさが、ふっとまた格之丞の心に疑いのかげをおとしかけたとき、

「水鳥御殿の殿ごをご家老が呼んでいられます」

べつの女中が格之丞を迎えにきた。

格之丞が女中のあとについてゆくと、五十余りのでっぷりと肥えた武士が、鷹の羽の紋服で立っていて、

「水戸の藩士、杉浦格之丞どの」

いきなり格之丞の名をよんで、ニコリと笑う。

そういわれて隠す必要もない。

「して、ご貴殿は？」

「この屋敷を預かる者……とだけご記憶願おう。拙者一存にて舟遊びにお連れ申す。よいかの、お逃げなさろうなどとはなされますまいな」

しずかな声でいって、またニコリと笑いかけた。

6

「ご貴殿の一存で船遊びに……」

格之丞は相手の柔和な顔をながめて、おもわず心が波打った。

取りようによれば、逃げるなということばが、かえって逃げてもよいというなぞめいたひびきをもつ。

いずれにしろ、この好意には感謝してよかった。

「かたじけのうござる。お礼を申す」

相手はそれには答えずに、

「いかがでござったな。おふたりの仲、なかなかおむつまじそうであったが、それでもたいくつはしたでござろう」

格之丞はまっかになって苦笑した。

何もかも、ふたりの動静は知っているのにちがいない。

「いや、おうらやましい。拙者はなんでお身たちが、この下屋敷に預けられたかは存ぜぬが、できれば、何かとお力になりたいほどじゃ。人生の春は短いものでの。いや、そのほかにはべつに申し上げる用もない。拙者は参れぬゆえ、あとは女こどもと供の小者が少しばかり。では、くれぐれも無事にもどられるよう頼みましたぞ」

格之丞は急にまた呼吸がつまりそうになった。相手のことばがいよいよあやしく胸にひびく。

ふたたび以前の座敷へもどってくると、すでに千鶴のしたくはできていた。

まるで、千鶴が主人ででもあるかのような身じたくで、お時が手をとって庭の池にうかべた屋形船に案内した。船は三艘。いずれももう女たちが乗りこんで、ここからそのまま大川へ乗り出せるように水門がひらかれている。

空の紺碧と相まって、水のまぶしい反射がくらくらするほど明るかった。

「では、これから出かけまする。きょうは年に一度の無礼講ゆえ、どの船もうんとはめをはずすがよい」

三十あまりに見える、この下屋敷の、問題の中﨟《ちゅうろう》ふたりが、それぞれ一艘ずつに主人顔で乗りこんで、もう一艘はわざわざ千鶴と格之丞のために仕立てられたかっこうだった。

船頭ふたりに、中間らしい小者がふたり。それに男は格之丞だけで、あとはお時の朋輩が七人乗った。

どの船にも重詰めの料理と酒が積まれて、女たちはもうキャッキャッと騒ぎだしている。

千鶴を乗せた船は、いちばんあとから水門を出た。

水門を出るとパッと都鳥が飛び立って、美しい景観は絵のようにひらけてきた。すぐ目の向こうには深川の八幡社があり、左手に永代橋があざやかな線をほこってかかっている。その両側は目のさめるような若葉であった。

「いったい、船はどこへ着けるつもりであろうか」

お時が船頭にたずねると、

「お中﨟さまは、寺島で摘み草しようとおっしゃってござりました」

と、船頭が答えた。

「おまえたちも、あとについてゆくのかい」

「なあに、相手の船と離ればなれにさえならなけりゃ、少しぐらい、はなれたところが気楽でござんしょう」

「ほんに、そのほうがよい。のう、水鳥の殿ご」

格之丞はうなずきながら、三たび胸がわくわくした。

(いったい、これはどうしたことなのだ……?)

千鶴も何かハラハラしているようだった。

7

いつもの格之丞ならば、あまり手順がつきすぎていることに、当然ある種の疑いを持つはずだった。

が、かれは老公が出府していることも知らなければ、かれらのかくれ家を本阿弥庄兵衛が探りあてて、老公の耳に入れてあることも知らなかった。

むろん、老公が吉保一派の吉里擁立運動に、面もむけられないほどはげしい一撃を加えたことなど、むろん知るはずはない。

それだけに、ついにねらっていた機会がやって来たと思いこんだ。

(きょうをはずして逃亡の機会はない!)

船が永代から両国橋をくぐりおえたころには、かれの決心はもうきまった。

どこでもよい。船の着いたところで上陸する。千鶴はむろん長くは歩けまいが、いざとなったらいつかのように当て身をいれて引っかつげば、船頭や小者ぐらいはけ散らして逃げうる自信はじゅうぶんあった。

格之丞は待乳山が見えだすころから、そっと自分のまたをもみだした。長い間の監禁に、ふやけた力を取りもどそうというのである。

そっと手ぬぐいの端を裂いて、着物の下でこむらをしばった。

船の中ではすでに重箱が開かれて、にぎやかに酒がくまれだしている。

女護島から出てきた女たちの話題はひどくみだらにくずれて、たったふたりの中間が、しきりにみんなの人気を集めている。

なかには千鶴にむかって、きょう一日だけ、水鳥御殿の殿ごをわたしたちにお貸しなされ――そんなことをいってしまってしなだれかかる者さえあった。

格之丞は、せいいっぱいの努力で、それらの女や中間に酒をすすめたり、笑ってみせたりした。

忠義――と結びつけて考えるには、あまりにまぶしい今のかれのあり方だったが、たとえば、帰藩もできず、老公にふたたび合わせる顔はなくなっても、千鶴を連れて逃げるだけで、じゅうぶん生きがいが感じられそうな気さえする。

(あとのことはあと……)

それもこれも、若さと青葉のせいかもしれない。

船はやがて今戸をすぎて、対岸の寺島村にむけられている。

このあたりは、どこへ船をつけてもかっこうの野遊び場所だった。

まっ先の船が葉桜の堤についた。

と、それより一町ほど上流に第二の船が。そして、第三の船は、第一の船よりも下流の柳の根もとにつけられた。

いずれ外へ出ることのない女たち。その女たちが嬌声を上げて上陸しだすと、それまで千鶴のそばを離れなかったお時までが、重詰めと毛せんをかかえて上がっていった。

「千鶴どの……」

だれもとめようとする者はない。格之丞は千鶴の手をとりながら、

「今じゃ！」

と、低く目くばせした。

千鶴も、それに気づいていたらしい。

「格之丞さま……なんだか恐ろしいような」

「さあ、少しでもみんなを離れて。よいか、気づかれたら、そのときから必死でふせぐ。早く！」

みんなの毛せんを敷いた場所から、さりげない様子で下流へむけて柔らかい野草をふみだした。

どの方向に何があるかわからなかったが、もうふたりは夢中であった。

8

土手の片側は葉桜だった。ところどころに萱の株がまっさおな芽をふきだしている。

土手の右は川、左はたんぼがつづいている。

田の中に小さなお宮らしい森が見え、それを越したところに大名の下屋敷とも見える屋敷がのぞまれる。

それが実は向島の水戸家の下屋敷なのだが、下屋敷などへ用のない格之丞は知らなかった。

「さ、おいでなされ。歩かれまするか」

「はい。だいじょうぶ……だいじょうぶでござりまする」

葉桜の堤を、およそ二町ほども逃げたときであった。

「あ、水鳥御殿のおふたりが、あれあのようなところに」

「おほ、逃げてゆくではあるまいか。これはたいへんじゃ」

しかし、船頭は船に残って、陸にいるのはふたりの中間だった。

「ワーッ、逃げた逃げた」

と、みんながどなった。

ふたりの中間が木刀を振っておいかけだした。が、どちらも足もとがフラフラして、おどるようにはかどらない。

格之丞はきっとうしろを振り返ると、

「追うか、下郎！」

来るときに渡された刀のつかをたたいてみせた。

「ウワーッ。抜くぞ。気をつけろ」

女たちの中には、フラフラと毛せんから歩きだした者がある。が、そのじつ、だれもほん気で追っている様子はなかった。

ただ、追われている格之丞と千鶴の立場へ立つと気が気ではなかった。

逃げおおせずにつかまったら、少なくとも訳ありげにきょうの遊山を許してくれた留守居までが罰せられずばなるまい。

「千鶴どの。さ、拙者の背へ」

「でも、それでは格之丞さまが……」

「遠慮しているときではない、早く!」

せきたてられて、千鶴は格之丞の肩にからだを投げかけた。

日はいようらかに照っているし、水の面は鏡のように光っている。千鶴はしゃにむに駆けだす格之丞の背で、

(このまま死にたい……)

と、ふと思った。

千鶴の意志とは遠いところで、あれこれとたくまれた事件のかずかずが、少しも不幸に感じられない。

何もかも、こうしてしあわせな恍惚への道であったように思える。

(自分のいちばんいとしい人が、自分のために命がけで走っている。自分を背負って……)

女として、これほどしあわせなことがあるだろうか。

ときどき、格之丞は振り返っては追っ手との距離をはかった。が、千鶴はそのたびに、無意識に揺りあげるたくましい男の腕の触感を味わった。

天もない。地もない。風景もない。危険切迫の感じもない。女の幸福と男の真実だけが千鶴をとらえている。

したがって千鶴は、格之丞がどの方向へ駆けているかも考えなかったし、立ちどまったところがどこであるかも詮索しなかった。

「よし、ようやくまいたぞ千鶴どの。これで安心じゃ」

立ちどまって千鶴をおろすと、格之丞はいそいで額の汗をふいた。

薫風《くんぷう》の声

1

老公が最後の諫言をしはたして下城したとき、まだ藤井紋太夫は小石川の水戸屋敷へ帰っていなかった。

いかめしい行列が表門をはいってくると、その日も当主の綱条は大玄関に義父を出迎えた。顔色はいくぶん青く、ほおには明らかに焦慮のいろがうかんでいる。綱条だけではなかった。紋太夫の口から、吉里擁立が将軍家おんじきじきの意志であり、柳沢吉保がそのご意志を奉じて動いているのだと聞かされて、ひそかに連判状へ署名している人々の心中はいずれも不安でいっぱいであった。

まず紋太夫を柳沢吉保のもとへ使いにおもむかせておいて、急に登城すると言いだされたときから、この一派の人々は愕然と色をなくしていた。

老公の気性は知りすぎるほど知っている。その老公がもし家督のことにふれたら、水戸家の安泰はおびやかされる。紋太夫のことばをとおして堅くそう信じているからであった。

しかし、これが最後の出府になろうゆえ、上さまのごきげんも伺ってゆくが道であった――そう言いだされては止める口実は全然なかった。

輿が式台におろされると、出迎えの目は一様に老公の顔にそそがれた。

(城中の首尾はどうであったか?)

この心配は、反紋太夫派にとってもけっして無関心ではありえない。

「おお、これはまた中将どのまでお出迎えか。中将どのは出てはならぬといいおいたに」

老公は輿の戸があくと、にこやかにみんなを見回し、視線は綱条にむけていたが、みんなに聞かせる口調でいった。「やれやれ、登城してよかった。将軍家にはことのほかおよろこびあって、わざわざお居間で食事を供された。これで思い残すことはない」

出迎えの人々はホッとした。

紋太夫派は老公が吉里の問題にふれなかったのだと思い、反紋太夫派はわるい首尾ではないと知って愁眉をひらいたのだ。

綱条の顔もあらわに安堵のいろがうかんだ。

「まだ旅より立ちもどってまもないことゆえお疲れと存じ、お案じ申し上げておりました」

「中将どの」

「はい」

「まだまだ、このじいは、それほど衰えてはおらぬようじゃ。お居間で茶をひとついただこうか」

綱条は心得て、先にたって当主の居間に案内した。

居間にはいって茶が来ると、老公は静かな表情で、前庭へ目をやりながらそれを喫した。

「よいお天気でなによりだった。父子水入らずで話したいこともござれば、近侍を遠ざけなされ」

「はい。これ、みなさがっていよ」

「中将どの」

「はい」

「将軍家はまんざら暗愚にもおわさぬようじゃ」

「と、おおせられまするとき？」

「国に諍臣《そうしん》なくんば滅ぶるもの。きょうは光圀、命かけて将軍に諫言しに参った」

ぴたりと言われて、綱条はおもわず視線を伏せてゆく。

「中将どの。これはもはやお身の役目。だが、お身は家督を継いでまもないゆえ、この光圀が代わりに果たしたわが家のつとめじゃ。今後のためにお聞かせいたす。しかと心にきざんでおかれるよう」

2

綱条は思いがけない老公のことばに、心の動揺をおさえきれなかった。

（諫言とは、いったいどの程度のことなのか？）

縁から吹き入る薫風の中にあって、息苦しい思いで次のことばを待った。

「中将どの」

「はい」

「わしはまず生類おあわれみの令で、将軍家はつんぼ桟敷にすわらせられていると申した。中将どのはつんぼ桟敷ということをご存じか」

「いいえ、存じませぬ」

「上段の間へ雛のようにすわらせられて、家臣たちの手で、自分の政治がどのように行なわれているかを、ぜんぜん知らぬお人のことじゃ。むろん中将どのはそうあってはならぬが……」

「じゅうぶんに心いたしまする」

「中将どのは将軍家ご家督のことにつき、世間に流布されているうわさをご存じか」

綱条はハッとして面をあげた。やっぱりそれに触れたのかと思うと、おもわずほおから血のけがひく。

老公は綱条の顔いろに気づいたようでもあり、気づかぬようでもあった。

「世間では上さま、柳沢弥太郎が陰謀に乗じられ、弥太郎がめかけの子を、わが胤《たね》なりと思いこまされて、西の丸へ入れようとなされている……弥太郎は古今無類の好物、上さまは好色暗愚なおかたというう わさじゃ」

「……………」

「それで、わしは真正面から、上さまにそのことを申し上げた。たとえば、吉里が上さまお胤であったとしても、いちど臣下にくだされためかけの子、城中へ迎えるなど思いも寄らぬことと……ついしかる語気になっていったが……」

「それで、上さまはなんとおおせられました」

「なにもおおせられぬ。当然のことゆえ、黙ってお聞きあそばされた」

「黙って……あの、上さまが？」

「根は暗愚なおかたではない。ただ少々わがまま育ちで、周囲にご注意申し上げる忠臣がないからじゃ。中将どのもおりおり登城せられて、ご注意申し上げるが肝要じゃ」

「じゅうぶんに、心……心いたしまする」

「そこへ弥太郎が登城してまいったゆえ、これは頭からしかりとばした！」

「美濃守を……美濃守はなんといいました」

「何も申すことなどあるものか。とほうにくれた兎のように、目をまっかにして泣きおったわ」

綱条はホーッと長い息をはいて、はじめて庭先へ視線をそらした。

（このまま無事で済むかどうか……？）

その不安はまだかすかに残っていたが、平然としている義父を見ると、このうえ立ち入ってたずねることは差し控えなければならなかった。

「弥太郎ずれに、なにができるものか。あれはただ上さまのごきげんだけを取ろうとする、小納戸衆ほどの器量しかない男子じゃ。ご家督のことはじきじき上さまに念を押してまいった。尾張、紀伊両家でも心配してあられよう。中将どのから適当な使者をつかわし、家宜さまご家督は動かぬところと申し伝えていただきたい」

「委細承知いたしました」

と、そのときだった。

これもまっさおに顔いろ変えた藤井紋太夫が、あわただしく水戸家の門をくぐって来たのは……

3

紋太夫は将軍お居間でのできごとを細かく知る由はなかったが、いったん柳沢家の門を出ようとして、思い直して舅薮田五郎左衛門の宅へひっ返していた。

城中からなにか吉凶の知らせがあろう。それを聞くまえに、早まって綱条に強談するのも考えもの。ところが、柳沢家へ届いた知らせは悪すぎた。

こんどもお坊主衆が忠義顔に知らせてきたのだが、お居間から引きさがった吉保は、ただならぬ形相で限を閉じたまま一言も口をきかなかったという。

それだけ聞けば、紋太夫には首尾がわかった。老公の画策は、着々として成功しているのにちがいない。

(もはや一刻も猶予はできぬ!)

かごをとばして帰ってみると、ここでも先を越されていた。

すでに老公は帰られて、当主綱条と人を遠ざけて対談しているというではないか。

(しまった!)

紋太夫は、人を遠ざけて——の一語は聞かぬことにして、そのままずかずかと綱条の居間に近づいた。

表面は老公のお使いにいった紋太夫。老公のもとへ帰って報告するのにふしぎはない。が、近づいてみて、紋太夫の足はすくんだ。

あけ放されたふすまの向こうに、老公と綱条のすわっているのがはるかに見え、五月の風が御殿いっぱいに流れこんでいる。

世にもむつまじげな父子の姿を見ているうちに、

（すでに終わった！）

紋太夫はクラクラとめまいを感じた。

「たれじゃ！」

綱条の声であった。

「はっ。藤井紋太失立ちもどってござります る」

「紋太夫か、そちはたわけたやつぞ」

もう話はすんだとみえて、綱条はさがっておれとはいわなかった。

「これへ参れ。申し聞かすことがある」

「はっ」

「そちは将軍家が、吉里君をご家督に決定のお考え、と申したな」

「は……はい。そのように承りましたゆえ、申し上げました」

「たれに聞いたのじゃ」

「はいっ。柳沢美濃守さまご家中に伺いましてござります る」

「そのようなことは根も葉もないと、お父上さまご登城なされて確かめて参られた。たわけたやつめ。おってさたする、謹慎せよ」

「ははっ」

平伏したが、とっさに立つことすらできない紋太夫だった。と、そばから老公が口を出した。

「中将どの、紋太夫も中将どののおためと、よく確かめずに言上したものであろう。お怒りはさることながら、きょうはわしに免じてお許しくだされまいか。わしから頼みたい用もござれば」

綱条は額に癇筋《かんすじ》をうかべたまま、しばらくじっと心をしずめる様子であった。

「では、お父上さま、おことば添えもあることなれば本日は差し許す。以後はきっと心せよ」

「恐れ入ってござりまする」

「紋太夫――」

と、老公は柔らかい口調で、

「急に思い立ってな。上さまごぎげんうかがいに登城したのじゃ。上さまおよろこびなされて、あれこれお物語ののちに今のお話も出た。はっきりいたしてよかったのう」

紋太夫は平伏したまま声も出なかった。

4

「では、わしも居間に引き取ろう。紋太夫、ついてまいれ」

「はっ」

老公は丁重すぎるほどのあいさつをのこして、綱条の居間を出た。

紋太夫は、混乱しきった表情で老公のあとにしたがう。老公は小書院にはいるまで何もいわなかった。

「紋太夫」

小書院にはいって、またおだやかに呼びかけられて、紋太夫はギクリとした。

ただそれだけで事を済ます老公ではない。このあとで、どのようにしんらつな皮肉が浴びせられてくるかと思うと、生きたここちもなかった。

「こんどのことは、そのほうの思い違いであったのう」

こんどのこととは何をさすのか？　問題があまりに多くなって、とっさに紋太夫にはわからなかった。

「そうであろう。思い違いであったであろう」

「はっ」

「家中に二派あっては、恨まれて恨んでついに滅亡のもとを作る。思い違いとわかってよかった」

「は……はい」

「弥太郎にいったこと申し入れてまいったか」

「はい」

「では、いずれあいさつがあるであろう。そのほう、きょうは顔いろがよくない。さがって休め」

「は……」

紋太夫はぼうぜんとして老公を仰いだ。

（いったい、これはなんとしたことであろうか）

このまま許されるということは信じられない。が、老公はいかにも他意なげに、もう視線を庭の日ざしにうつしている。

ここもまたいっぱいに薫風がながれこみ、縁先にしげった木斛《もっこく》の葉裏がしろがねいろに光っていた。

「では、さがって休ませていただきまする」

「おお、だいじにせよ」

紋太夫は夢みるような気持ちであった。立ち上がって、また振り返って小腰をかがめて、老公の心をおしはかった。

「――思い違いとわかったのう……」

念をおされたそのことばの意味ものみ込めなかったし、柳沢美濃守が、なんと答えたかと、千鶴と格之丞のことにふれなかったのも解せなかった。

紋太夫は屋敷を出ると馬をわが家に駆りながら、老公の胸中をあれこれ推察した。

わが家の門をくぐってからであった。

（そうだ。老公は連判状のことをご存じなのだ！）

それに思い至って、ゾーッと紋太夫のはだはあわだった。

思い違いとわかったとは、連判状をそのまま焼きすて、徒党を解けというなぞにちが

いない――そう思うと、急に胸がいっぱいになってきた。馬からおりて小者に手綱を渡し、

(なんという暖かいご処置であろうか)

とがめるかわりに、やさしくたしなめられたのだと知って、紋太夫はあたりの緑が見えなくなった。

と、そこへ顔いろ変えて奥方が走りだしてきたのである。

5

奥方はあいさつも忘れて、夫に走りよると、

「あのう、お藤が逃げ出しました。ほんのわずか目を放したばかりなのに」

夫の叱声におびえきって、くちびるまでまっさおになっている。

「なに、お藤が逃げたと……?」

「はい。蔵から出して、新しい小そでをつかわし、これからわたしのそばで召し使うてやると申し聞かせましたのに」

紋太夫は、しばらく虚空をにらんで突っ立った。

老公の暖かい処置に涙しているときだけに、この失策はたまらなかった。

「お藤がわが家にあるとは、老公もご存じでいらせられる」

「お許しなされてくださりませ」

「なんという手ぬかり、なんといううかつ者じゃ」

しかってみたが、逃げた者はどうしようもなかった。

紋太夫はふきげんに玄関へまわっていって、そのまま自分の居間にはいった。

逃げ出しても行き先はわかっている。池の端の本阿弥庄兵衛の家にちがいない。と、すれば、打つ手は全然なくなった。

舅の藪田五郎左衛門が、しげしげと本阿弥のもとへ出入りしている。それに事情を話して……と考えて、紋太夫はハッとなった。

お藤のことどころか、もう一つたいせつなことは千鶴のことであった。

柳沢美濃守はさような者はいないといえと突きはなしたが、自分の手で吉保の屋敷へ送りこんだ紋太夫に、そのような返事ができるはずはなかった。

紋太夫はその日いちにち、腕をこまぬいて考えつづけた。

老公がどこまでも紋太夫をかばってくれているのに反して、自分の命じられたことは一つもできなかったでは済まされない。

その夜はさまざまな客があった。

いずれも紋太夫に荷担して、連判状に血判している人々だった。

その人々も、老公のことばを聞かされて愁眉をひらいた。老公がその気持ちなら、血判状を灰にしてすべてを白紙にもどしてゆける。

客は愁眉をひらいて帰っていったが、紋太夫は眠れなかった。

どうして吉保を説き伏せる……？　吉保が引き渡しを聞き入れなかった場合はどうなるか……？

とにかく、ここでもいっさいの事情を話してすがって頼むよりほかなかった。

翌朝、さっそく紋太夫は吉保をおとずれた。

しかし、吉保は会ってくれなかった。吉保もまたどれだけはげしい衝撃をうけているかは、その一事でも想像される。

さらに翌日またたずねた。こんどはあんがい簡単に会おうという。

紋太夫は、いつもの数寄屋に案内されてホッと胸をなでおろした。老公はそう長くは滞在すまい。いつ千鶴のことを言いだされるかと思うと、身を切られるようないらだちだった。

小半刻《とき》待って、吉保は数寄屋へやって来た。

「紋太夫、さてさてそちは頼みにならぬ男よのう」

吉保はすわるといっしょに、みえもなく詠嘆した。

6

紋太夫は返すことばがなかった。

西山荘の猛虎をやすやすとかれらの策謀で封じ込めるなどと思ったのが、そもそもまちがいだったのだ。

「わしも不覚であった。が、そちのことばを信じて、まさかにご隠居が江戸へ到着しようなどとは思わなかった。と、いって、ただ愚痴をいうだけでは上さまにもすまぬ。聞こう。そちの意見を」

吉保はすでにきびしい敗北感から、次を目ざして立ち上がっているらしい。怒りと嘆きをかくしたまなざしで静かにいう。

紋太夫は、また恐れ入って平伏した。

「拙者重々の不注意。なんとも申し開きのいたしようもございませぬ。が、かくなりましたうえからは、老公をなだめ参らせ、いっときも早く帰国いたさせるよりほかに手だてはございませぬ」

「ふむ。それで?」

「つきましては、千鶴さまと杉浦格之丞、なにとぞ拙者にお引き渡しくだされますよう、ひとえにお願い申し上げまする」

「なに?」

吉保の目は刃物のように光っていった。

「すると、そちは、それを言いにまいったのか」

「はい。ただただ嘆願申し上ぐるばかりでございまする」

「たわけめ!」

「はっ」

「千鶴とか格之丞とかいうを、わしは知らぬと申したではないか」

「恐れながら、それではご老公がいよいよ怒りを深くするかと」

「紋太夫、さてさてそちは身がってなやつ、そうは思わぬか。そのために上さままでが、吉里君お世継ぎの願望をなげうたなければならぬはめに立たせられた。わしの面目はまるつぶれ。そちはよくご老公がおこるなどと申せたのう」

「恐れ入ってござりまする」

「そちは、これほどみごとにしてやられてくやしゅうないのか。そのまま済ませてよいと思うか。たわけめっ！」

「…………」

「千鶴や格之丞など、いまごろまでわしがかくまうておると思うのも、そもそもそちの愚かさじゃ」

「と、おおせられますと、もはや……お手もとには」

「おるはずはない！　逃げうせとうてうずうずしているふたり。すきを与えたら消えうせる。あらためてはっきりと申し聞かせておくぞ。ふたりはな、さる日の船遊びをかねた摘み草のおり、厳重な監視の目をのがれ、追う者に刃物をふるまって逃げうせたわ」

紋太夫は凝然として吉保を見上げた。そういえば、すでに先手をうたれた吉保が、あらためて交渉があるまでふたりを手もとにおくはずはなかった。

ほんとうに逃がしたのか？

それとも手討ちにしてしまったのか？

いずれにしろ、もはや紋太夫の手の届かぬふたりになったとみるよりほかなかった。

紋太夫は自分の身辺に一条の光明もないのを意識した。なんといって老公に申しわけしようか。

切腹か。追放か。それともお手討ちか。

「紋太夫、千鶴や格之丞など、そんな小さな問題ではなくなったのだぞ。上さまへの申しわけに次策がなければ、わしはそちの首を討ってわびねばならぬ。そのくらいの道理はそちにもわかるであろう」

吉保は冷ややかに言い放った。

7

策士策に陥る。

紋太夫の全身をはげしい絶望がとりこめた。外には薫風がかおっているというのに。

老公の情けを考えても死。

将軍や吉保への申しわけを考えても死。

過去四十年になんなんとする努力はいっさい空であったのだろうか。石にかじりつ
いても世に出たいと、あらゆる機会にあらゆる努力を重ねて、水戸の家老にまでなってい
ながら。

「紋太夫」

「はい」

「覚悟はできているであろうのう」

「はい」

「では、そちの首は、この吉保たしかにもらった」

「さし上げるよりほか、申しわけないと悟りましてござりまする」

「千鶴や格之丞などにこだわっているときではないとわかったの」

「わかりましてござりまする」

「よろしい。わかったとあれば申し聞かせよう。せっかく作った連判状をしかと生か

せ」

「連判状を？」

吉保はきびしい表情でうなずいた。

「将軍家のご願望をめちゃめちゃにした隠居、その隠居をこのまま生かしておいて上さまに申しわけが立つと思うか」

「…………」

「そちの手で隠居を刺せ。いや、そちがじきじき手を下すのがまずかったら、連判の人の中からだれかを選んで江戸の地を無事に去らすな」

紋太夫はびっくりして、おもわずかたく息をのんだ。事があまりに大きすぎる。青ざめたこめかみに震えと血管がういている。

と、見てとって、吉保は声をおとした。

「そちが、それはできぬというのならそれでもよいぞ。そちの手に合わぬからといってそのままにはさしておけぬ。何者かの手で隠居は必ず刺されて果てる」

「…………」

「が、わしとしては、せっかくそちが今まで苦心したものゆえ、そちの手で事を運ばせるが、そちのためと思うてのことじゃ。わかるか、わしの情けが」

「は……はい」

「どうせ刺さずにおかぬ隠居、そちの手でやれ。そして、連判状をもってわしのもとへ駆けこむのだ。むろん公儀で、御三家に起こったこの大騒動、家中二分しての争闘をそのまま見過ごせるものではない。上さまじきじきの評定で、うまくいったら取りつぶし、少なくとも家事不取り締まりで家禄半減のうえ、三家の格式お取り上げは必定。そのうえで、この吉保が上さまに申しわけが立つと思うか。恐れ多くも、水戸の隠居は上さまにたてついたのじゃ」

「すると水戸家をつぶすために」

「隠居は上さまの願望をつぶしたのだ！　それとも、そちにはできぬというのか」

「さあ……」

「できなければよい、そちは本日この場で首にいたす」

紋太夫は苦悶にゆがんだくちびるをかんで眼を閉じた。

事件はかれの想像していたよりも、はるかに大きな波瀾を巻き立ててゆきつつある。

そのはずだった。これはとりもなおさず、将軍家と水戸黄門の大げんかだったのだから……。

家康の定めておいた御三家の一。たいていのことでは幕府も水戸干渉の歯は立つまい。

尾張も紀伊も口を出すであろうし、譜代大名も黙っていまい。が、家中が二分して、老公まで騒動に巻きこまれ、一方の手にかかって討たれたとなっては、事はあまりに大きすぎる。

さすがは柳沢吉保、報復の目のつけどころもまた徹底していた。

(これはいったいどうすべきか……?)

追いつめられた生か死かの一線で、藤井紋太夫の心はふたたびはげしく動揺しだした。

お藤は逃がし、千鶴と格之丞は受け取れぬ。老公への申しわけはすでに立たなかった。とすれば、いっそ吉保のさしずどおりに保身を計るが得策ではあるまいか。

「恐れながら……」

しばらくして、紋太夫は下から吉保を探るように見上げていった。

「老公なきのち、連判状を持って当家に駆けこみました紋太夫、殿さまにはいかがご処分なさるご趣意か、それを伺いおきとう存じまする」

「やると申すのだな」

「それよりほかに、上さまへの申しわけが立たぬとあれば……」

「相わかった。そのときには、わしが命にかけてもそちをかくまおう」

「ただそれだけで……事が済みましょうや」

「水戸の浪士にねらわれると申すのであろう。が、紋太夫、それはわしに考えがある。けっして、そなたを討たせはせぬ」

「その手はず、伺いおきとう存じまする」

吉保は苦笑した。

最後の一線で、紋太夫はまたぐいぐい押しに変わったのだ。

「そのときには、予がそちを将軍家じきじきの能役者に推挙する。まさか、上さまご寵愛の直参にはかれらとても手はふれえまい」

紋太夫は、はじめてぐっと上体を起こした。

「まさに仰せのとおり。さよう伺いましたるうえからは紋太夫、ご老公のご恩を忘れて、不忠の臣になりまする」

「こんどこそ、ぬかりなく手はずせよ」

「はっ。命にかけて」

「と、いうが、これよりほかに、そちの生きる手だてはないのだ。仕損じは許さぬぞ」

きびしい声をあびせておいて、吉保はハハハハと笑った。

これで、はじめて老公へ思い知らせてやれるのだ。おそらく将軍綱吉も、吉里擁立を一蹴されたうっぷんは、いくぶんなりとも晴れるであろう。

「では、わしは忙しい。早く立ちもどって手はずをせい」

吉保は立って、庭へ視線をそらしながら、紋太夫の前を通っていった。

紋太夫はしばらくじっと動かない。

思えばふしぎな運命だった。わが身に出世のいとぐちをつかませた老公を討たねばならぬはめになろうとは。

おそらく老公は気がつくまい。立ち帰って千鶴のこと、お藤のことを、その場かぎりに取りつくろうて言上したら、心を許して腰をもめというであろう。

もむと必ず仮睡する。

(そのとき!)

と、心にはっきり思いさだめて、紋太夫は青白い微笑をもらし、はかまのひだをきちんとして立ち上がった。

盲千鳥

1

お藤は本阿弥庄兵衛の離れの縁で足のつめをきっていた。

そばに一匹、庄兵衛の飼い猫がうずくまって、まぶしそうに目をほそめている。パチン、パチンと、はさみの音があたりにひびいた。

お藤は切り終わると、つめを数えて紙につつみ、それからホッと吐息をした。

はた目にはいかにものどかな昼さがりの初夏の風景。だが、お藤の胸はあやしい波立ちにみたされていた。

ご老公が出府していて、柳沢吉保に掛け合っているというのに、待つ人はいっこう姿をあらわさぬ。

むろん、水戸屋敷へそのまま引き取るはずはなく、放たれるとやって来る先はここよりほかにないはずだった。

離れていながら、母屋をおとなう人があると、そのたびに廊下へ出ては様子を見た。姉にも会いたい！

が、それ以上に格之丞の無事な姿をたしかめたい！

（格之丞さま、まだあなたは放たれませぬか……）

どこでどんなふうに監禁されているのかと、そればかりが気にかかった。

いや、なすこともなく待つ身になると、

（きょうこそは……）

と、起き出すまえから胸がさわいだ。鳥影でうらなったり、かんざしを畳にほうってみたり……そして、いそいそと化粧をして、最初に見たときなんといおうか？　そんなことまで考えている。

そのうらないが、きょうは朝から「来る」と出た。

いつ来るか、それはわからぬ。そわそわと昼まで待って、

（暮れがたまでには、きっと来る！）

すがる思いで足のつめをきり終わった。

やっぱり、じっとしてはいられなかった。こんどは紅ざらをとり出して、足のつめさ

きをそめてゆく。

小さなつめがさくら貝のいろに変わると、それだけでなにか心がやるせない。

きょうもむなしく待つのだろうかと思ったとき、また母屋をおとなう人のけはいであった。

八ツ（二時）ごろだった。

お藤は紅ざらを手にしたまま、そっと廊下へ出ていった。

足音をしのばせ、耳をすまして庄兵衛の居間に近づくと、通されてきた人は、格之丞とは似ても似つかぬ老武士ではないか。

お藤はがっかりした。おもわず持っていたさらを庭へ投げようとして、ハッと気づいたときだった。

「実は、わが柳沢家の下屋敷に杉浦格之丞と申す水戸の浪人と、千鶴と申すこなた縁辺の娘とが預けられていたのだが……」

客の老武士が、庄兵衛にいっている。

お藤はぎくっと立ちどまった。

「ほほう、わたしども縁辺の者がお下屋敷に」

「さよう、ところがその両人、ついせんだっての草摘み遊山のおり、いずれかへ逃げうせましての。何も逃げることはないのじゃ。別に危害を加えるわけではなし。殿にもお心にかけられて、もしこなたへ参ってでもいわせぬか、たずねまいれとおおせられる。いや、連れてもどれというのではない。無事ならばそれでよいのじゃが」

来客はお藤の知らぬ藪田五郎左衛門。どうやら吉保の命をうけて、いかにも心にかけて捜していると見せようための使いらしかった。

2

本阿弥庄兵衛は用心ぶかく問い返した。

「千鶴と申すは、たしかに存じておりますが、それがまた、なんで柳沢さまお下屋敷にいたのでござりましょうか」

「さあ、それは拙者もよく知らぬが、とにかくふたりが逃げたのでの」

「藪田さま！」

庄兵衛の声がぴしりととがった。

「わたしと藪田さまの間がら、もう少し打ち解けてお話しくださってもべつにばちもあたりますまい。わたしも正直に申しましょう。実はこっちも千鶴を捜しておりますので」

「というと、ここへ逃げては来なんだわけじゃな」

「その逃げたというが信じられぬ。まさか手討ちにでもなさって、それでそのように言いつくろっているのではございますまいな」

声をすごませて問いかけられ、

「とんだことじゃ」

五郎左衛門はあわてて手を振った。

「お下屋敷に証人もたくさんござる。女どもも中間小者も、みんな追いかけて、逃がしたことをわびているのだ」

庄兵衛はフフンと笑った。全然信じない顔つきだった。

「おことばながら、逃げたとすれば、お察しどおりここへ来るはず。藪田さま、もし切られたのなら、こっちでむだな手数ははぶきたい。正直に聞かせてくださらぬか。まさかに藪田さまの名は出さぬ」

藪田五郎左衛門は困った顔つきでしばらく考えていたが、

「では、お藤というはどうじゃな？　これもやって来なかったかの」

立ち聞きしていて、お藤はおもわずびくりとした。と、庄兵衛はいかにもあっさりと、

「お藤ならば来ております。なんなら、ここへ呼んでお目にかけてもよろしゅうござるが」

「いや、それには及ばぬ。いや、おぬしがそのように打ち明けて申されるなら、拙者の存じていることだけは申そう。実は、殿は殺生をひどくきらいなおかたでの」

「柳沢さまが……」

「まあそう皮肉は申さるな。わけあってふたりをお下屋敷にさしおいたが、切るほどの罪もない。それでわざと逃げる機会をお与えなされた……というより、自由にさせたいというがよかろうの」

「ほほう、それをまた、なんでわざわざわたしのもとまで確かめに来られたので」

「つまり、逃がしてやったものゆえ、安心して家に入れて世話してよい。柳沢家ではべ

つに苦情はない……と、こういう含みであろうと思うが、いかがであろう」

他意なげにそう打ち明けられると、庄兵衛もそれ以上疑うことはできなかった。

ありそうなことに思える。水戸家から掛け合いの参るまえに逃がしてやって、そのような者はもうおらぬとかわしてゆく。

（が、待てよ……）

と、庄兵衛はまた一つの不安に行きあたった。

表向きは逃がしておいて、裏からだれかに助けさせることもできれば、その反対に、柳沢家などとは縁もゆかりもないものにバッサリやらせて、そしらぬ顔する手もなくはない。

なによりも、逃げたふたりがやって来ないのがおかしかった。

「藪田さま、いったい、そのふたりが逃げたというのはいつのことなので」

少しの表情の動きも見のがすまいとして、庄兵衛はじっと五郎左衛門の目に見入った。

3

五郎左衛門はべつにろうばいしたようすもなく、

「さよう……きょうで四日めになるかの」

指をくりながらのどかに答えた。

「それゆえ、もはやここへ参っているものと、実は拙者は考えていたのだが」

「四日……それはおかしい。場所はいったいどこなので」

「寺島村の水戸家お屋敷の近くであったそうな。女どもは船の中で、もうかなり酔うていたらしい。それから、土手へ船をつけ、毛せんをしいてまた飲もうとしているときに、ふたりがすーっと遠ざかった。しかし、だれもはじめは気にかけなんだ。というのは、長い間ふたりで同じ座敷におかれたゆえ、いつか夫婦のようになっていた。それゆえ、気をきかせてふたりだけにしてやるつもりでいたのだが、やがて男が女をかかえて走りだしたというのでな」

「なんと言われました？」

庄兵衛はびっくりして五郎左衛門の話をさえぎった。

「ふたりが同じ座敷に起き伏しして、夫婦のようになっていたと言われましたな」

「そうじゃ。若い者どうし、とがめだてもなるまい。と、いって、わしが確かめたわけでもないがの」

「ふーむ。それはおかしい」

庄兵衛はおもわず腕をくんで、そっと離れをうかがった。

まさかお藤が立ち聞きしているとは知らず、もしそれが事実ならば一大事だと思った。

お藤はどんなに胸をこがして格之丞を待っていることか。そのせつない哀れさもさることながら、かりにも千鶴は老公の娘、それを知っていながら格之丞が手をふれたとなれば、ただで済むはずはなかった。

たとえ町家であっても許されまい。まして、格之丞はきびしさで鳴っている水戸の武士ではなかったか。

老公がもし許すと言われても、親兄弟が許しておくまい。

(ははあ……それだ!)

と、庄兵衛は思った。それがふたりのこの家へ来れぬ原因にちがいない。

お藤の気持ちは格之丞もよく知っているはず、千鶴もおそらく知らずに身を任せたものであろうが、これとてあとで打ち明けられたら、この家はむろんのこと、水戸へももどれぬ道理であった。

「いや、よくわかりました。もし参りましたら、そのおりには柳沢家のご好意、よくふたりにも申し聞かせましょう」

庄兵衛はそういって藪田五郎左衛門を送り出しながら、なにか瀬戸もののこわれの上を歩いているような気持ちであった。

（たしかに逃げた。そして、ここへは永久にやって来まい……）

だが、そのことを、いったいお藤になんといって聞かしたらいいのだろうか？

五郎左衛門の姿が門の外へ消えるのを待って、庄兵衛はそっと離れへいってみた。

「あ――」

離れの戸はあけはなされ、へやの中ではお藤が投げだすように突っぷして泣いている。つかつかと庄兵衛は近づいた。

「お藤、聞いていたのか？」

お藤は答えるかわりに、いっそうはげしく全身をふるわして泣いてゆく。

庄兵衛はそっとそのまくらべへひざをつき、自分もたなごころで目をおさえた。

4

「お藤――」

庄兵衛はお藤の肩に手をおいて、

「まだ泣くのは早い。起きなされ」

と、やさしくいった。

「は……はい」

「世間というは、絶えず何か事あれかしと、好奇な眼で他人の暮らしを見ているもの。同じへやへ起き伏ししている格之丞が姉さまに優しくするのを見ていたら、すぐにうわさは立てるであろう。が、うわさはそのまま事実とはかぎるまい」

お藤は顔をあげずに、

「でも……」

と、またさめざめと泣いてゆく。

「これ、泣くのは早いと申すに。それよりも、柳沢さまお下屋敷を逃げたとすれば、こっちもしんけんに心あたりを捜さずばなるまい」

「でも……捜しあてて、もしそれがまことだったら、藤はいったいどうなりましょう」

「ばかげたことだ！」

と、庄兵衛は笑った。笑いながら事実だったら、どうしてよいのかかれにも判断はつかなかった。

「のう、お藤、かりにも格之丞どのは水戸の武士だ。姉さまがどのような事情の人かはよく知っている。おそらく、忠義いちずな男ゆえ、まめまめしく仕えておったにちがいない。それから出たうわさじゃ。根も葉もないことじゃ」

「でも、火のないところに煙は立たぬといわれます」

「お藤！」

庄兵衛は悲しくなって声をはげました。

「たとえばそれが事実であっても、泣いていてよいことか。そなたはなんのために故郷を捨てて出てきたのだ。姉さまを救い出すためではなかったのか」

「は……はい」

「人間はな、女にしろ、男にしろ、一度こうと思い決め、志を立てたことは貫く意地がなければならぬ。ひとのうわさぐらいに嫉妬らしゅう取り乱し、もし根も葉もないことであったら、そなたはなんと申しわけする。たとえ心にかかることがあっても、取り乱してよいこととわるいこととある。さ、泣くのはやめて、相談しよう。ふたりが寺島村で逃げたとすると、それからどこへ行くであろうか……？　そなたの考えから聞かせてくれ」

はげしい声でしかられて、お藤はようやく泣きやんだ。嫉妬——といわれたひと言が、ぎくりと胸にこたえたらしい。

お藤は庄兵衛に顔をそむけたまま、涙をきれいにふきとった。が、まだ嗚咽はやんではいなかった。

「おじさま。ごめんなされ、藤は、はしたのうございました」

「いや、責めているのではない。が、いつも心はしっかり持たねばならぬ。もともと姉さまのしあわせを願って、あとを追いかけてきたそなた、故郷を出てくるときの心だけは忘れまいぞ」

「はい」

「どうだ？　ふたりはまずどこへ行くと思う。わしはことによると、三味線堀の、孝吉のところにいはすまいかと思うがどうであろう」

言われて、お藤の目はかがやいた。三味線堀の孝吉は父のでしの筆師で、お藤が藤井紋太夫の屋敷へ出むいたとき、そこにひとり知己があるといったその男だった。

「では……あたし、これからすぐに行ってみてきます。姉さまの知り合いならばそこよりほかにありませんから」

思いつめた顔でいわれて、庄兵衛はまた不安になった。ほんとうにそこにいるのだったらどうしようかと。

5

けっきょくお藤ひとりではやれず、庄兵衛がつき添って池の端から三味線堀の筆師、孝吉の家へ出かけることになったのだが、ちょうどそのころ、千鶴と格之丞は馬喰町の商人宿、備前屋の裏座敷で、とほうにくれていた。

庄兵衛の推察どおり、ふたりは三味線堀の孝吉をたよっていったのである。しかし、孝吉の住まいには、ふたりをおくへやはなかった。

「――とにかくそれでは、わたしの知っているはたごへおちついておくんなさい」

孝吉に案内されてここへやって来たのだが、どちらも金は持っていなかった。孝吉もひどく貧しいらしく、金のくめんは頼むほうが無理とわかったし、御殿づとめとひと目でわかる千鶴のみなりでは、商人宿にもいられなかった。

それで、孝吉に千鶴の着物やかんざしを売ってもらい、じみな古着とわずかな金を手に入れた。

しかし、それもけさ勘定書きを持ってこられて、あとには六十四文残っただけ。

「これでは困る。金策してこよう」

もはや売るものは、格之丞の腰にある刀だけだった。千鶴はそれを見ると、

「いけませぬ！」

格之丞の腰にすがってさえぎった。

とにかく、水戸から柳沢美濃守の下屋敷までかくし持ってきたたいせつな刀であった。鍛えは肥前の金剛兵衛盛高、切れ味は抜群だったが、寸がつまっている。売ると

なったら、せいぜい七両か八両であろう。

「刀は武士の魂、それだけは売らせるわけにはまいりませぬ。千鶴に分別がございまする」

ここは町内の建てこんだ場所なので、さんさんとした初夏の光ははいらなかった。四方の壁も古びていたし、天井は二階のゆかがむき出しだった。はいってくるのは路地の反射で、へや全体が水底のようにくすんでいる。

ただわずかに床の間らしいものがあるので座敷といえた。

その中で、浪人の女房とも見える古着を着ていると、男を知った千鶴の姿態はあやしいまでに艶冶《えんや》に見えた。

「分別があるといってどうなさる?」

「千鶴にしばらくお暇をくだされ」

「その身なりで、どこか知己でもたずねる気か」

「はい。いつかちょっとお話ししました、池の端に本阿弥庄兵衛といういとこがおりまする。そこまで参って事情を話し、金のくめんをしてきます」

格之丞はぎくりとした。その庄兵衛のもとへは、いまでもいちばん心にかかるお藤が待っているはずだった。

「それはならぬ。もし外へ出て、人目にふれたらなんとなさる」

「いいえ、かごで参りますゆえ、お気づかいなされまするな。千鶴はあなたのために少しはお役にたちたいのです」

「いや、ならぬ」

「といって、金がなければ」

「それゆえ、腰のものを売るといっているのだ」

「いいえ、それこそなりませぬ。いとしい人の腰のものまで売らせては、千鶴の操が立ちませせぬ」

強い力で押しもどされて、格之丞はよろよろっとその場へひざを突いた。

（もう隠してはおけない時が来た……）

いつか一度は言わねばならぬ……しかも、言ったあとではどうなるか？　恋に負けた盲千鳥にきびしいさばきのくだる日が来た。

「千鶴さま！」

格之丞は、そっとしもてへ身をすさらせると、思いつめた表情で畳に両手をついていった。

6

千鶴は急に変わった格之丞の態度を、たわむれていると思ったらしい。

「まあ、またしてもそんなわるさ。お願いでござりまする。千鶴をひと走り、池の端までやってくだされ」

「千鶴さま！　それができるほどなら、格之丞はこのように泣きませぬ」

「まあ……なんという念のいったいたずら」

「お許しなされてくださりませ。このとおり……まこと格之丞は泣いておりまする」

「いや、そんな……わたしまで悲しくなる。もうよしてくだされ」

「千鶴さま、いまは何もかも申し上げまする。あなたさまはなあ、水戸のご老公の姫さまにおわすのだ」

「いやといったら、そのようなことは聞きませぬ」

「聞いてくだされ、あなたさまのご生母が、池の端の本阿弥家の生まれであることは事実ながら、父は水戸の筆匠ではござりませぬ。それゆえ、格之丞とお藤とで、あなたさまのあとを追って江戸へ出たのじゃ」

「あのお藤も……」

「お藤は父違いの千鶴さまが妹。お藤といまの父ごと、ご老公と……ほかにほとんどご存じあるまい。が、千鶴さまはまことご老公の姫におわす」

千鶴は一瞬ふしぎな静けさで目をみはったが、すぐ次にははげしく首を左右に振った。

「たんと、おなぶりなさるがよい。千鶴はほんとうに泣きまする」

「千鶴さま！　お許しくだされ。ご老公の姫さまと知ればこそこの格之丞、命にかえてもお守りしようと……いやこのことは本阿弥庄兵衛どのもご存じじゃ。拙者もまた庄兵衛どのの肝入りで、こなたさまを助け出すため、柳沢美濃守の屋敷に忍びこんでいたものゆえ」

「…………」

「お信じくだされ。そして、この格之丞をお許しくだされ。格之丞は、こなたさまの情けに負けて、してはならぬことをしてしもうた……きょうは打ち明けてわびようか、あすはと思いながら、打ち明けたあとのことがおそろしく、きょうまで言いだす力もなかった。千鶴さま！　このとおりでござりまする」

千鶴はまだぼうぜんとして、畳に泣きふす格之丞をながめていた。

そういえば、格之丞の態度にはふにおちないことがたくさんあった。杉浦家は水戸の老職、それが一筆匠の娘にあまりにことばがていねいすぎる。もしや自分を敬遠する気では……そんな気持ちで淡い嫉妬や甘えを投げた覚えがあった。

「格之丞さま」

「はい」

「戯れならばよしてくだされ。千鶴はいきが苦しくなってまいりました」

「戯れにこのようなことが言えようか。自心の詰まるはこちらのこと」

「さっき庄兵衛どのに会われたといわれましたなあ」

「はい。お力添えにあずかりました」

「その庄兵衛どののもとへ、なぜ金のくめんにいってはなりませぬ」

「さあ……その次に、もっともっとわびねばならぬことがある。千鶴さま！　お許しくだされ」

格之丞はもう一度両手を突くと、しばらく顔もあげえなかった。

7

「実は、千鶴さまのあとを追うて、江戸へ出るときお藤と約束いたしました」

格之丞は千鶴の視線に身のすくむものを感じて、声までおろおろ震えていった。

「約束とは？」

「ご老公のこころにそむいて画策する、藤井紋太夫の手から千鶴さまをお救いするがふたりの目的。それゆえ、故郷を捨てるときには脱藩勘当にかぎると存じ、ふたりで駆けおちと見せかけました」

「お藤と格之丞さまと……？」

「はい。武士にあるまじきいたずら者、それで、父からはみごと勘当されたものの、いつからかお藤と……」

「お藤と、なんとしました格之丞さま」

「うそがまことになりそうで」

「まことにとは？　気にかかる。もっとはっきりと聞かせてくだされ」

千鶴はブルブル震えながらひざをのり出した。

「はじめはどちらも、そのような心はなかった。ところがいっしょに旅しているうち、お藤どのがこのまま夫婦約束をせよという……」

「えっ？　夫婦の約束を……して、格之丞さまは……」

「心が弱うございました。千鶴さまを捜し出したあかつきには、たしかに夫婦になろうと約束し、それから庄兵衛どのの離れへいっしょに住みました」

「約束して……」

千鶴の声が、ふーっと力をなくしていった。

格之丞が、自分より先にお藤と約束していた。それならそれで、なぜはっきりとそのことを打ち明けてくれなかったのか……？

格之丞はいぜんとしてうなだれたまま、

「お許しくだされ」

と、またいった。

どこかで、ことことと野菜をきざむ音がしている。表通りの馬の鈴と、のれんに当たる風の音が、しみるようなふたりの無言をぬっていった。

わーっと千鶴が泣き伏した。

「お許しなされて……おわびのしるしに、千鶴さまの仰せのとおりにいたしまする」

「格之丞さま」

「はい」

「あなたはまさか、お藤のからだに手をふれては」

いないであろうとなじることばが、格之丞の胸をえぐった。

手をふれない決心だった。ふれてはならぬと思うことでは、お藤の場合も千鶴の場合もおなじであった。

それがただ一度だったが、ついにお藤にふれている。そして、自分で自分にどちらが好きなのかと問いかけても、答えようとはしなかった。

はげしい自己嫌悪と、罪悪感だけがやたらにからだをかけめぐる。

「地獄におちました」

と、千鶴はいった。

「いいえ、格之丞さまがわるいのではない。よく考えると、わたしのほうがわるかった」

「千鶴さま！」

「格之丞さま、千鶴は覚悟いたしました」

「お覚悟とは？」

「このまま、ここから消えてくだされ」

「格之丞ひとりで」

千鶴は悲しそうに首を振った。

「千鶴を救い出したそのうえで……と、約束されたのがせめてもの救い。千鶴は生涯助け出せなかったと思ってくださりませ」

「と、おおせられると、ふたりでいっしょにここを消えようといわれるのか」

千鶴は格之丞のひざにすがって、必死の表情でうなずいた。

8

せっぱ詰まった人間には理性の働く余地はない。

もしふたりがここで消えてしまったら、あとにどんな大きな騒ぎがのこるか、それに思い至るゆとりはなかった。

柳沢家の下屋敷をのがれたふたりが、そのままこの世から消えたとしたら、老公がどんなに心痛することか。

悲しみをうわべに出さない老公だけに、必ずひそかに捜せというにちがいない。

庄兵衛にしても、お藤にしても、いよいよあせって捜すであろうし、紋太夫とて手をこまねいていられる道理はなかった。

したがって、格之丞が老公のためと思ってしたことは、いっさいが逆の結果になってゆく。

ふだんならば、そのくらいの分別はある格之丞だったが、やはりかれは白分の行為の罪悪感にせめられて、理非の判断を忘れている。

「なあ、格之丞さま。こうなったら、わたしも池の端へは参れませぬ。さ、どこへでも連れていってくださりませ」

格之丞はうなずいて立ち上がった。すっかり事情を打ち明けると、かれもまたここにいることがはばかられた。

いまにも三味線堀から人がやって来るかもしれない。それに会うのもおもはゆかったが、それよりここを出てしまって、千鶴も自分もはっきり地獄におちてしまった人非人と思いたかった。

「では、千鶴さま……」

「格之丞さま」

「出てしまって、別に思案をいたしましょう。さ、おいでなされませ」

このはたごに借りはなかったが、旅費もない。千鶴はもう刀を売るのを否みはすまい。

外でそれを金に替え、京か大阪か、見知った人のいない世界へ行くよりなかった。

ふたりがさりげない様子で備前屋を出てゆくと、ほとんど入れちがいに本阿弥庄兵衛とお藤がかごをとばしてやってきた。

お藤のまぶたは、まだ赤くはれている。

庄兵衛はつかつかと、掛け行燈《あんどん》の下をくぐって土間へ立つと、

「三味線堀の孝吉の知人がいなさるはず、へやへ案内してくだされ」

女中は、ふたりの出かけたのを知らぬらしく、

「はいはいどうぞ」

手をふきながらふたりを案内していって、

「おや、おへやに見えませんねえ。では、たぶん銭湯へでも行かれたのでしょう。ちょっとお待ちになってください」

お藤はおずおずと庄兵衛の肩ごしに中をのぞいてはいった。

三味線堀の孝吉のことばでは、ふたりが夫婦のように暮らしているかどうか、はっきりとは聞き出せなかった。

「――さあ……そういえば、そうらしくもあり、そうでない堅苦しいふしもあり」

したがって、ふたりはわからぬままにそっとへやの中にすわった。

「お藤、たとえば、どんなことがあっても驚くまいぞ」

「はい、もう決心はつきました」

「どうついたのだ。聞いておきたい」

「姉さまに頼みます。こんどはお藤を助けてくだされと」

「それで、そうはいかなかったら」

「そのときは、髪をおろして尼になります」

「ふーむ」

庄兵衛は苦しそうに腕を組んで、いつまでもすすけた天井をにらんでいった。

奸臣

1

「おお、紋太夫か。気分はどうじゃ」

老公に声をかけられて、藤井紋太夫は入り側に平伏した。

「きょうは、そのほうは参らぬものと思うていた。近う寄れ」

「はっ、おことばに甘えまして」

紋太夫はいかにもかしこまった姿で、老公の前へすすんだ。

すでに夜食の膳はさがって、窓の外は暗くなっていた。

「どうじゃ。柳沢のもとから何か言ってまいったか」

「はい。両人ともたしかに下屋敷にかくまいある。けっして疎漏には扱うてないゆえ安心せよと」

「して、いつ帰すと申したな?」

「一両日中に人をつけて、わたくしのもとまで送りとどけるとの口上でございました」

「両日中に……そうか、それは大儀であった。して、お藤のほうはいかがいたした」

「これはわたくし、家内の手もとにて召し使いおりまする」

「それが本人の希望ならば、長らく手もとにおいてやるがよい」

「かしこまってござりまする」

「ときに紋太夫」

「はい」

「人間にはのう、考えちがい、計算ちがいというがあるものじゃ。わしはけっして、それをとがめようとは思うておらぬ。たれもが主君のため、お家のため、ひいてはお国のためと思うて働くのじゃが、それが逆になってゆく場合がある」

紋太夫は畳に手を突いたまま、老公の面を仰ぐのがはばかられた。

（いったい、老公は何を言いだそうとしているのか…?）

そう考えるだけで、全身がふるえだしそうな紋太夫であった。

と、いって、いまさら柳沢吉保との約束をほごにはできない。どこまでも、自分のうしろには将軍綱吉があると信じて、事を決行する気であった。

「今日までのことはいっさい水に流して、何ごともなかった体にして、わしは水戸に帰りたい……と、申したら、そのほう、わしが何を望んでいるかわかるであろう」

「と、おおせられまするると……？」

「わからぬか？」

「恐れ入ってござります」

「そうか。では、はっきりと申し聞かそう。わしの見た目では、家中が二つに割れかけていたかに見える。割れるもと……何か徒党の連判状のようなものがありはせぬかと思うが、あったらそれをわしに手渡してもらいたいのじゃ。よいか、わしはそれを見ようとは思わぬ。見ぬままに火中にする。そのうえで帰国したいと思うがどうじゃ」

紋太夫は平伏したまま、たらたら背筋を伝う汗を感じた。たしかに老公のいうとおり、連判状は手もとにある。が、それを渡しては、老公を刺して吉保のもとへ訴え出る証拠の品がなくなってゆくのである。

「恐れながら、連判状などは思いもよらぬことにござりまする」

「ないか。そうか。なければよい」

老公はかんたんにうなずいた。

上の寝所に夜具の用意ができた。近侍がそれを知らせると、

「そちも帰って休め、わしも疲れた」

老公は寝所へ立ったが、紋太夫は平伏したまま動かなかった。

2

「そちもさがって休んでよい」

夜具の中から、老公はまた声をかけた。

「恐れながら」

紋太夫はそっと首をあげて、老公の顔いろをうかがった。

「紋太夫めに、こよいのお伽《とぎ》をおおせつけくださりまするよう。西山荘へご帰還あらせられてはお目通りもかなわぬことゆえ」

「そうか。そのつもりで参ったのか」

「はい。お見いだしにあずかって、わらべのおりからご教訓をいただいたご恩。不敏の臣は、お伽でもいたすよりほかお報いする道を存じませぬ」

「そうか。よくその気になってくれた」

老公はほろりとした声で答えた。

「では、そのほうの好意、わしもありがたくしただくとしようかの」

「もったいのう存じまする。では、お肩にさわらせていただきまする」

紋太夫は老公の夜具のそばに膝行して、そっと肩をもみだした。

「紋太夫」

「はい」

「わしは大日本史の編纂などを企てて、みなに苦労させたのう」

「いいえ、ご老公でなければできぬ大事業、後の日本人が踏むべき道を示されて、どれだけ明るく大きな柱をうるかしれませぬ」

「そのほうも、そう思うてくれるか」

「もちろんでござりまする」

「わしはこんど西山荘へ帰ってな、隠居仕事に、このつぐないをするつもりじゃ」

「つぐないと、おおせられまするると」

「日本人の忘れているところで金を得て、家中の財政をいくぶんなりと豊かにしておこうと思う」

「恐れ入りました。われらに働きがないゆえ、ご心労をおかけいたしまする」

「いやいや、そうではない」

「して、みなの忘れているところとおおせられるは？」

「北辺じゃよ。日本の最北端じゃ」

「最北端……」

「さよう、蝦夷《えぞ》から樺太《からふと》、千島の開拓じゃ。これに目をつけておらぬゆえ、あの地をよく測量させてな、藩の財政も助け、国も富ませる役にたてたい。大日本史と、北辺の開拓、この二つがわしのこの世へ生まれ出た意義をとどめる仕事じゃと思うておる」

紋太夫は肩から背をもみながら、手がふるえそうで困った。

それにしてもなんと大きな眼をもって、日本じゅうを見渡している老公であろうか。

老公の考えは、つねに凡俗の意表をついている。

「蝦夷、樺太、千島でござりまするか」

「そうじゃ、あのあたりは鮭、鰊《にしん》などの水産物が無限にとれそうじゃ。森林は豊富にあり、地味もやせてはおらぬ。ほっておくと、オロシャあたりに取られてゆく。ここへ日本の根をおろしておかねばな。そのときにそのほうもまた……」

大きな抱負を語りながら、いつか老公はうつらうつらと夢路にはいっていくのがわかった。

「ご老公さま……ご老公さま……」

そっとからだをゆすってみて、紋太夫はおもわずごくりとつばをのんだ。その手は肩から背、背から腕へとのびている。

胸のおくで、ことことと動いている心臓のありかをたしかめてから、紋太夫はもう一度、

「ご老公さま……」

と、呼んでみた。

3

老公は軽い寝息をたてていて、返事はなかった。紋太夫はそっとあたりを見まわした。

行燈の灯がほそくなって、紋太夫白身の影がぼーとふすまに映っていた。

「ご老公さま……」

紋太夫の声はふるえた。左手を老公の肩においたまま、そっと右手を夜具から出した。前半にたばさんだ小刀のつかに手をかけて、もう一度次の宿直《とのい》の間のけはいをうかがった。

ここには綱条の近習ひとりと、佐々助三郎がいるはずだった。万一、老公が声をたてたら、かれらはすぐにおっとり刀ではいってくるにちがいない。

むろん、刀術では助三郎の敵ではなく、老公を倒すことが自分の死につらなるのでは、こんな不義、こんな冒険をやる意味はなくなるのだ。

（老公を刺す……）

小刀に手をかけたまま、紋太夫はあらゆる場合に考えをめぐらした。

ここさえ脱出すれば、それでよいのだ。もし、老公が声をたてずに死んでいったら、よく休まれたといって自分はかわやへ立ってゆく。おそらく、あすの朝までだれも気づかずに済むであろう。

しかし、声をたてられたら、すぐに書院の窓をけって庭へ出る。そのときには、

「かたがたくせ者でござる！　かたがた出会いそうらえ」

そう叫んでとび出してゆこうと思った。

むろん、すべての門はとざされ、へいを乗りこえることなど思いもよるまいが、

「――くせ者を見なかったか？」

かれ自身が血眼でくせ者をさがしているふうを装えば、表、裏どちらのくぐりも通行は自由のはず。

門を出たら、いっさんにわが屋敷へ駆けつける。連判状は懐中していたし、奥方の実家は柳沢吉保の屋敷内にある。

奥方と子どもだけを連れ出して、自分もいっしょに吉保の屋敷へのがれ込む。

それでいっさいは成就であった。

老公の寝息は、じょじょに安らかになっていく。

紋太夫はここから書院の窓まで、十歩あまりと目測した。

声をたてた瞬間に、そこをめがけて駆けだすと、宿直のいるへやから寝所へ着くまえに、かれのからだは戸外にある。

（よしっ！　おちついて……）

紋太夫はそろそろと、右手で小刀を抜いていった。心臓の位置をさぐって突き立てるつもりであった。

あかりがゆらゆらっと揺れた気がした。と、老公がからだをうごかして寝返ろうとする様子。

紋太夫はカーッと頭が熱くなり、おもわず刀から手を離して、両手でしっかり老公の肩をおさえた。

「紋太夫か……もうよい、休め」

「いいえ、いましばらく」

「そうか。疲れたらいつでも休むがよいぞ。わしもうとうとしていたようだ」

「どうぞお楽におよりくだされませ、紋太夫それまでさすらせていただきまする」

「すまぬのう。いい気持ちじゃ」

老公はくるりと向きを変えると、またうとうととまどろんでゆく。

紋太夫はきっとくちびるをかんで、それとなく背後にまわった。

（こんどこそ殺さねばならぬ！）

はだも額も、べっとりと汗であった。

4

紋太夫はふたたび小刀を抜きはなった。

ぐっとひじに力を入れて、腕をうしろに引こうとした。

と、宿直の間から足音が。

紋太夫はぎょうてんした。腕におぼえがあったら、おそらくそのまま突き出して、事を一挙に決していたにちがいない。が、かれはあわてて刀をさやに納めようとして、手もとが狂ってはかまのひもからふところにきっ先があたっていた。

(しまった!)

それでもあわててさやにおさめたとき、

「申し上げます」

ふすまがあいて、近習が平伏していた。

「夜中まことに失礼ながら、老公さま、まだおめざめならば、御意を得たいと杉浦惣左衛門さま、殿の名代として伺候してござりまするが」

「なに、惣左が中将どのの名代として参ったと」

老公は夢をさまされて、パッチリと目を開いた。紋太夫はほぞをかむ思いで、そっと老公のわきを離れた。

「中将どのご名代とあればこのままでは失礼、それへ参って話すゆえ、お通しなされ」

老公はそういって起き直ると、

「中将どのからの使いじゃそうな。そちはしばし遠慮しておれ」

「かしこまりました」

紋太夫はしかし、失望はしなかった。老公がこれほど自分を信じている限り、機会はすぐまたやって来る。

惣左がもどったらふたたび寝所へはいればよいと、そのまま書院を通ってさがっていった。

事実はそうすることのほうが、紋太夫にとってはつごうがよかった。額の汗、目の中に残っているろうばい、それに、どうやら指先を傷つけたとみえて、チクチク痛みが感じられる。どれ一つが老公の目にとまっても、苦しい限りであった。

紋太夫がさがってゆくと、老公はえりもとを直して書院へ出ていった。

「夜中ゆえ、服装のみだれは許してくれよ。何ごとじゃ」

杉浦惣左衛門は額を畳にすりつけたまま、

「お許しくださりませ。殿のお名をかたりました」

老公の眼がギロリと光った。

「たれの知恵じゃ」

「老公のご身近に気がかりのことある由を話しましたところ、佐々助三郎、殿のお名を借りよといわれました」

「ウーム」

と、老公は惣左衛門をみつめたまま、

「すると、この席に紋太夫をおらせまいためか」

「ご賢察のとおりにござりまする」

「わしもな、紋太夫のことばのうちに、一つ不審を感じていたのだが……」

そういうと老公は、うちふところから一巻の巻き物をとり出した。

「一味の連判状はないかと問うた。すると紋太夫はないと答えた。なければよいと申していたら、これこの巻き物をわしの臥床《ふしど》においてまいった。ないと申しながら、火中してくれというなぞか。それとも落としていったものか……?」

「実は、本日惣左がもとまで、池の端の本阿弥庄兵衛から、気になる知らせがござりました」

「庄兵衛のもとから。申してみよ」

「藤井紋太夫は、わたくしめに柳沢下屋敷にある両人はすぐにも立ちもどるように申されましたが」

「まだもどらぬというのだな」

「いいえ、もどされぬ理由を、紋太夫ははっきり存じているはずでござりまする」

5

「もどらぬ理由とはふにおちぬこと。紋太夫はわしにも、たしかに一両日中に両人を渡すと申したぞ」

老公がふと首をかしげると、杉浦惣左衛門は用心ぶかくあたりを見回した。

「ご老公さま、ごゆだんはなりませぬぞ。惣左には紋太夫が老公さまをいつわりおるかに思われまする」

「そのようなことはあるまい。よく教えてやってわかったはずじゃ」

「いいえ、本阿弥庄兵衛のもとへ、紋太夫の舅藪田五郎左衛門がわざわざ見えられ、ふたりは、柳沢家下屋敷から逃亡した。逃亡したとて行き先は想像できるゆえ、当方ではべつに捜さぬ。ただ念のため耳に入れおくと言われました由にござりまする」

「ほほう、ふたりが逃亡したというか。それは逃亡したのではなく、させたのであろうが……なるほど、ちとつじつまが合わぬの」

「庄兵衛宅へはそのまえに、妹娘お藤が参ってかくまわれておりました。しかし、ふたりは庄兵衛のもとへは現われぬ。不審に思うて心あたりをたずねてゆくと、知人をたよって、しばらく両人は馬喰町の備前屋と申すはたご屋におり、それからまたいずれかへ立ち去ったといわれまする」

「待て、惣左！　すると、お藤はいまどこにおるのじゃ？」

「庄兵衛宅におりまする。現に本日、庄兵衛に伴われて惣左のもとへ参りました」

「はてな……」

老公は白いまゆをあげて、天井をみつめていった。すぐさっき紋太夫が、お藤は紋太夫の妻女のもとで召し使っているといったばかり。

（お藤がふたりおるわけはないが……？）

「すると、千鶴と格之丞の両人は、備前屋を立ち去ってその後の消息はわからぬのじゃな」

「いや、そのほうがわびることではない。それにはそれで何か子細があるであろう。が、それにしてもおかしなことじゃの」

「申しわけございませぬ」

「ご老公にもやはり、ご不審の点がございましょうか？」

「うーむ」

と、いったが老公は、それ以上は紋太夫のためを思って話さなかった。

あるいはその備前屋とやらを立ち去ったのち、両人はどこかで紋太夫に保護されているかもしれず、お藤のことは老公を心配させまいとして、自宅にいるといったのかもしれぬ。

いずれにしろ、自分の家臣を疑うようなことは老公の気風に合わなかった。家臣の不行き届きはそのまま自分の念の足りなさと思いたい。

「恐れながら……」

老公が黙って考えだすと、惣左はまたひとひざすすめてきた。

「あとあとの心得のため、その連判状らしきもの、ご披見願われますまいか」

声をおとしてささやくと、老公はきびしい目をしてしかりつけた。

「惣左！　年がいもないことを申すな。この連判状はわしも見ぬつもりじゃ。このまま明朝焼きすてる。もしこれを見たことにより、家臣の中の、あれはかわいいが、あれは憎い……そのような感情が、もし万一わしの心にきざしてきたらなんとする。それこそ、わし自身で家中二分のもとを作ることになる。わしも見ぬのだ。中将どのにも見せぬ。まして、そのほうにも見せるわけには相ならぬ。それが誤ってここへ名を連ねた家臣へのわしのいたわりじゃ」

老公に言われると惣左は、ハッと平伏して、ポロポロ涙をおとしていった。

6

惣左衛門には、連判状はおそらく、紋太夫があわてて取り落としたものと思えた。

しかもそれを、老公はよろこばず。老公を敵としようと誓ったやからの血判ではないか。

それを自分も見ずに焼くという……老公の心の高さ、広さを思うと、しばらく顔を上げえなかった。

「恐れ入りました。ご教訓身にしみましてござりまする」

「よいよい、そう恐れ入るな。わしとても見たい気もせぬではないが、見ると人の心は迷うてゆくものじゃ。紋太夫にしてもな、いかなる奸曲があろうと、こちらが正しければ恐れるところはない。紋太夫に計られるようなわしならば、それは神仏が、もはや黄門そのほうは役にたたぬゆえ用はないと、ご注意くだされたと思えばよい」

「は……はいっ」

「心配せずにさがって休め。あとで紋太夫はわしがただす」

「恐れ入りました。では、くれぐれもお気をつけられて」

「大儀であった。心づかいは忘れぬぞ」

惣左がさがってゆくと、老公は問題の連判状を手文庫にしまった。そして、何ごともなかったように、次の間の臥床にはいってゆく。

足音がして、紋太夫がもどってきた。おそらく老公と惣左の話は、宿直している助三郎が聞かせるようなことをするはずはなかった。

「夜中、何かたいへんでもござりましたので」

「いやいや案じることではない。が、わしの肩ならもうよいぞ。さがって休め」

紋太夫はしかし、すぐにさがるけはいはなかった。

「紋太夫」

「はい」

「では、いましばらくわしと話してゆけ」

「ありがたきしあわせに存じまする」

「そなたの妻女が使うておる、藤というおなごな、あのおなごの心がけはどうじゃ。よさそうか」

「はい。なかなかのしっかり者」

「礼儀はどうじゃな。ことによったら、西山荘へ連れもどって召し使おうかとも思うておるが」

「それならば、申しぶんない娘かと存じまする。きょうもわたくし、出がけに、妻ともどもほめたほど、町家育ちには珍しいしつけを身につけておりまする」

「きょう出がけにのう……」

老公は紋太夫のうそを一ったしかめた。しかし、それをすぐには責めようとはしなかった。

「それから千鶴のことじゃが」

「はい」

「そのほう、弥太郎の下屋敷で、どのような暮らしをしているか確かめにいってみたであろうな」

「は……はい。参りましてござりまする」

「いつ参った？」

「きのう参ってみましたところ、当方からの申し入れもありましたので、至極たいせつに取り扱われており安心して立ちもどってござりまする」

（こやつまた一つ……）

老公はちらりと紋太夫の顔を見やった。事情があってのうそならば、どこかに苦悶が……と思ったのだが、紋太夫はむしろ得意そうな顔であった。

「紋太夫、睡魔がさしかけた。さがれ」

「もうしばらくお腰なりと」

「もうよい。さがれッ」

最後のことばは、ぴりりと鋭く紋太夫の肺腑を突いた。そのはずだった。必要ないう

そはつくな、というはげしいたしなめの声なのだから。

7

紋太夫は「はい」と答えて、それからまた執拗にことばをついだ。

「紋太夫、ご老公さまご滞在中はわが家へさがらず、おそばのご用いたしとう存じます

る。いつにても、ご用の節はおおせ聞けくださりまするよう」

「わかった。わかったゆえさがれ」

紋太夫は、はじめて立ってさがっていった。

わが屋敷へは帰らずに、一両日のうちおりを見て、必ず一念をつらぬくつもりの紋太

夫なのだ。

宿直の間では佐々助三郎が、いかにもたいくつしきった様子でこくりこくりと居眠りしていたが、紋太夫の足音を聞くと、とぼけた顔で目をしょぼつかせながら声をかけた。

「藤井さま、ご退出にござりまするか。ご苦労千万に存じまする」

紋太夫はなにかからかわれているような不愉快さをおぼえて、

「佐々氏もご苦労千万。じゅうぶんご老公の身辺ご警戒くださるよう頼み入る」

「承知つかまつりました。近ごろはなかなか家中も物騒の由承ってござる。怪しい者が近づいたら一刀両断。けっして広い庭内などへは逃がしませぬ。ご安心あってお引き取りくださるよう」

紋太夫はちらりと助三郎をにらんで、そのまま長い廊下へかかった。

あたりはしんとしずまり返って、ところどころにぼんやりともった常夜燈が、人だまを思わすような光の輪をつくっている。

長い廊下を渡りきると、当主綱条の寝所があった。おそらく綱条はそこには休まず、それからさらに錠口をまわった奥にいられるのであろうが、宿直の間には主君の在不在を問わず、かならず近習が交替で詰めている。

紋太夫はこれから、そこに泊まりこむつもりであった。

老公子飼いの家老が、老公在府中そのおそばを離れず、私邸へもどらずにお仕えするというと、いかにもそれは美談であったが、その実、紋太夫はもうここから離れることができなくなってしまったのだ。

「みな――ご苦労」

「これはご家老さま、お泊まりでござりまするか」

「うむ、ご老公在府中、もし万一ご病気などのことあっては申しわけないゆえ、これに控えておろうと思う」

それを聞くと小納戸のひとりが、さっそく紋太夫のために夜具をととのえ、

「事あらばお起こし申しまする。なにとぞお休みを」

紋太夫はいわれるままに、上下をととのえて床にはいった。しかし、眠れるはずはなかった。

お藤はわが家にいるといい、千鶴も格之丞も一両日中に、柳沢家からわが家へ送り届けられるはずと言上した。

あす一日はまだなんとかことばを濁せようが、明後日になって、

「――送りとどけてきたかどうか、見てまいれ」

そういわれては、万事が終わりであった。

(勝負はあす一日――)

それにしても、老公のそばから一歩も離れぬ佐々助三郎の目がこわい。さっきも、まるで紋太夫の腹のうちを見すかしてでもいるかのように、もしくせ者が現われても広い庭内などへ逃がしはせぬといっていた。

(そうだ、まず助三郎を……)

そう考えて、やがてニヤリと夜具の中で紋太夫は笑った。

8

さすがに紋太夫の頭脳もまた、なんの家がらもないところから水戸の家老になり上がるだけあって、並みの頭脳ではなかった。

しかもそれが、いまやすべてを失うか否かの瀬戸ぎわに立って、一世一代の回転をなしつつある。

助三郎がおそばになければ、紋太夫の手で老公を刺しうる自信はあった。

（そうだ……）

紋太夫は天井に浮いた行燈の光の綸を見つめながら、あすの計画を綿密に頭へ描き出していった。

まず起き出して、連判状に名を連ねた人のうち、最もかれの腹心と思える人々四、五人をたずねて、佐々助三郎を討たねば、われらの身の安泰はないと説く。

その理由は、老公がだれもとがめず事を落着させようとしているのに、側近から助三郎がそれに反対している。

いましばらくそのままにしておくと、老公の心も必ず助三郎にうごかされ、われらへおとがめが下るであろう。

軽くて追放か切腹、重ければ家族にまで死罪の手がのびるやもはかられぬ。そこで助三郎を……。

——その手だてとは？

柳沢吉保のもとから、紋太夫のもとまで密使が参ったと言上する。千鶴、格之丞の両人を、ひそかに紋太夫の私邸まで送りとどけるはずであったが、事情があって変更になった。ついては、だれか適当な人物を向島まで受け取りに差しつかわされたい。

というのは、そこまで船で両人を送ってきて、さりげなく上陸させて放つことになったという……。

さて、その両人を受け取りに行く人物は？

これは老公腹心の佐々助三郎どのをおいてはほかにあるまい。他の藩士をゆかせたのでは老公一生の秘密、千鶴の身分が世間に漏れる。

老公も、この紋太夫の意見には賛成せずにいられまい。ほかにつかわす人はないのだ。

そこで、助三郎は水戸屋敷を外にして向島へおもむく。

時刻は？

帰りが夜にはいっても、老公が直ちに心配することのないよう、引き渡しは暮れ六つの薄暮とする。

むろん、助三郎は帰ってこない。

向島堤の青草を血に染めて……だが、その同じ夜に、老公もまたしとねを染めてあえなくなろう。

いや、万一老公を討ちもらしても、すでに柳沢家下屋敷から逃亡して、行くえの知れなくなっている千鶴と格之丞の両人のことだけは解決する。

千鶴、格之丞、助三郎の三名がそのまま立ちもどらぬ。

こんどは紋太夫が見にいって、助三郎の死体を、格之丞らしいと言上する。

さすれば、助三郎は格之丞を切り千鶴をさらって、いずれかへ逐電したこととなり、紋太夫はこのことに関するかぎり責任はなくなってゆくのである。

(これだ!)

と、紋太夫は夜具の中でおもわずつぶやき、それから静かに目をとじた。

さて、助三郎を切りうる者。この人選は……? 紋太夫のほおへ、はじめてかすかな笑いがうかんだ。

細雨の家

1

翌日はめずらしく朝から雨であった。

その雨の中を、佐々助三郎はぶらりと、ひとりで小石川の水戸屋敷の門を出た。

行く先は向島堤。目印は一本柳の下の船着き場。

どうやら藤井紋太夫が、老公に何か言上したらしく、

「——そのほう、向島へ参っての、格之丞と千鶴が現われるかどうか見てきてくれ」

現われるか、どうかということばはふにおちなかったが、老公はそれについては深い説明はしなかった。

ただ紋太夫の言上にいくぶん信をおきがたい節があると思ったらしく、

「——来なかったら来ないでよい。じゅうぶんに用意をしてな。参ったら、途中でかごを拾うがよい」

と、つけ足した。

（紋太夫め、何を申し上げたのか？）

ふたりが馬喰町の備前屋からいずれかへ立ち去ったとは、杉浦惣左衛門に聞かされて、助三郎も知っていた。

それが、どのようないきさつで向島堤へ姿を現わすのか？　あるいは備前屋から出たところを、紋太夫か柳沢家の者かが取りおさえてあったとでもいうのであろうか？

いずれにしろ、老公自身も必ず現われるとは予期していない様子なので、その点助三郎の心は軽かった。

細い銀線のような雨は小川町あたりから少しずつ晴れ間を見せ、昌平橋まで来たときには手のひらに雨は感じられなくなっていた。

「雨がやんだのなら船でいこうか」

千束村から渡し場へぬける予定をあらためて、助三郎は両国橋のたもとで船に乗った。暮れ六つまでに着けばよい。急ぐわけではなかったが、久しぶりに船から両岸のけしきがながめたかったのだ。

船頭ひとりに客ひとり。

雨にけぶって白いもやのただよう川面を、都鳥がひくくかすめてとんでいる。

助三郎は途中でまた気が変わった。

まっすぐ行くと近すぎて、早く着きすぎるせいもあったが、待乳山の対岸のいかにもいなかびたふぜいが、かれをふたたび陸の人にした。

いずれにしろ、帰りはまた船と、船は待たしたままで雨にぬれた葉桜の下に立った。

（なるべくならば現われてほしいものだが）

格之丞と別れたのは西山荘。あれからどんな苦労をしたかと思うと、年齢を越えてなつかしさが先にたった。

水戸の下屋敷を左に見て葉桜の並み木がつきようとするところであった。

「もしもし、それにおいでなされたは、水戸藩の佐々助三郎さまではござりませぬか」

前方からやって来たあしだの武士に声をかけられ、

「いかにも佐々助三郎でござるが、ご貴殿は？」

あるいは、これがふたりを連れて来ているのではあるまいかとなにげなくそのほうを見やったとき、左手の低くしげった野ばらのかげから、無言でサッと切りかかってきた者がある。

「あ――」

助三郎は危機一髪の太刀風をあやうくかわして、腰の刀に手をかけた。

「何者だ。人違いすな！」

が、そのときには、もはや前後左右に五つの人影。いずれも黒布で面をつつんだくせ者が、白刃を構えてじりじりと寄ってくる。

2

声をかけた武士の姿は、その間に小さな祠の向こうに消え去って、五人の武士のきっ先が、雨あがりの夕日に冷たく光っている。

「人違いであろう。刀をお引きなされ」

「………」

「拙者は水戸藩中、佐々助三郎と申すもの。他人に恨みを受くる覚えはない。刀をお引きなされ」

だが、だれも答えるものもなければ、刀を引こうともしなかった。

いや、かえってはげしい闘志を見せて寄ってくる。

もはや、助三郎も抜き合わさずにはいられなかった。そっとげたをうしろへはねて抜きうちに、パッと右手のひとりへ斜めなぐりの虚をしかけ、相手のさがった瞬間に、ぴたりと桜の幹でうしろを固めた。

「すると、佐々助三郎と知って襲いかかったのだな」

「知れたことだ」

左手のひとりが答えた。

「老公の寵に甘えて策をろうす奸臣、天に代わって誅を加える！」

そのことばの中にはげしい水戸なまりを感じて、助三郎はハッとした。

「すると、おのおのがたも水藩の侍じゃな」

「答える必要はみとめぬ。尋常に勝負しろ」

「これは重ねがさね妙なことを聞くもの。藩士の私闘はかたく殿の禁じるところ。なぜ理否の曲直を口頭をもって論じようとなさらぬのだ。いったい拙者のどこに天誅を加えねばならぬというのか。承ろう」

こんどは左手の男が、いきなりサッと突いてきた。並みの手練ではない。かわすと見せて助三郎は、鹿島流の秘手心形無想の霞切りで相手にこたえた。

「ウーム」

と、相手は二、三歩よろめいた。よろめきながら、左右に振った太刀風のすさまじさは、柳生流《やぎゅう》と見てとれた。

「柳生流をそれだけ使うは……徒士《かち》の大石一覚であろう」

だが、そのときには、相手はどっと草むらへしりもちついて、そのまま動かなくなっていった。

助三郎の峰打ちが、みごとにきまっていたのである。

「かたがた、見たであろうが」

と、助三郎はさけんだ。

「無益な私闘、助三郎は諸士の手に合う相手ではない。刀を引かれい」

「引くものかッ。それッ」

「天誅に問答無益！」

わるい癖であった。いや、これが戦場ならば誇れる豪気と賞されたであろうが、一度刀をぬき放つと、理性のほかの強情がまんが水戸の家風であった。

同藩の士とさとられたことが、いっそうかれらを引くに引けないいらだちに追いこんでいるらしい。

こんどはま正面のが、おたけびをあげて切りかかった。

パッと火花が目さきに散って、身をしずめた助三郎の頭上すれすれに白刃がうなった。

構え直すと助三郎は、はじめて大きく息をした。もはや、この四人をしとめなければ、かれ自身があぶなかった。

といって、これをみな峰打ちに倒してゆけるかどうか。こよなく家臣を愛す老公のこころを思うと、助三郎の心は迷った。

(切りたくないが、さて……)

いつかあたりは暮れおちようとして、残照の淡さの中に細くみんなの影をひいていた。

3

「よし、こうなっては手かげんできぬ。遠慮なく切り捨てるぞ」

相手が万一刀を引いて逃げてくれたらと、さいごの舌戦を浴びせてみたが、それも耳にははいらぬらしい。

ひとり。

また、ひとり。

と、そのときだった。ヒュッと強い羽音がして、一筋の矢が左手のやぶの中からとんできた。

助三郎はかわす間がなかった。

「あ――」

と、わきへとびすさって、ブスリと左のそでを桜の幹に縫いつけられた。その瞬間もし相手が切り込んできていたら、いかなる鬼神も避けえまい。

と、それは意外にも引きあげの合い図だったとみえて、ひとり残った男は、その間にパッと川下めざして駆けだした。

おそらく、五人のうち四人まで倒されたので、もはや勝てぬと観念したのであろう。助三郎は第二の矢にそなえて、そでを縫われたまままくるりと木立ちをたてにとったが、矢は来ずに、そこから最初声をかけた武士の姿が、これもいっさんに駆けてゆくのが望まれた。

助三郎はそれでもしばらくは身動きもしなかった。全身に滝なす汗が感じられ、呼吸がのどで氷のように冷たかった。

襲うものなしと、見てとって、助三郎が、抜いた矢をぽいと草むらにほうったころには、もうあたりはうす暗く、いんいんと川面に尾をひいて浅草寺の鐘の音が聞こえていた。

助三郎はゆっくりと刀をさやにおさめた。

峰打ちを食って倒れている四人のうち、最初のひとりに近づいて覆面をとろうとしたが、しかし思いなおして手をはなした。

顔はみずとも、すでにかれらの心のうちは読みとれた。

背後に藤井紋太夫。その紋太夫に扇動され、それを単純に信じ込んでやって来ている武骨者にちがいない。

それにしても、千鶴と格之丞がここへやって来るなどというのは、なんと児戯に類したことばであろうか。

老公が、じゅうぶん注意せよといったひと言が味わいぶかく思い出されて、それがかえって悲しかった。

紋太夫ずれの小さな奸智にうごかされて、太陽が西から出たりするものではない。

助三郎はげたを拾って水ぎわで足をすすいだ。

そのころからようやく呼吸もととのい、汗もひいた。待たしてあった船のところまでゆっくり歩いて、

「ご苦労だった。帰ってくれ」

船頭はもうともに小さなあかりをつけている。

船は岸をはなれた。と、また降りやんだ雨がポツポツ落ちだして川の中ごろまで出たときには、かなりの降りになっていた。

かさはあったが、両そでにしぶきがかかる。

「だんな、これは待乳山下の渡船場あたりへ船をつけて、少し雨やどりをしてゆきましょうか」

「よかろう。その辺に何かあるか」

「小さな茶店があります。懇意にしておりますで、お望みならば酒の一杯ぐらいは出してくれます」

「そうか。では、そう頼もうか」

船をぎっとそのほうへ向けたときであった。

「あ、いけねえ。とんだものが流れてくる」

船頭が妙にうわずった声を出した。

「なんだ。何が流れてくるのだ」

「土左衛門でさあ。おや、まだ若い女ときていやがる。くさらせるでこいつは」

4

水死人と聞いて、助三郎もそのほうを見やった。黒い水面になるほど何かゆれている。着物の色彩まではたしかめえなかったが、まっしろなはだが澄んだ水の中でちらちらした。

「だんな、どうしましょう」

「どうしましょうといって、水死人のあった場合にはこうしろと、なにかおふれが出ているのだろう」

助三郎に言われて船頭は船をとめた。

「いいんですか。とにかく拾って、届けることになっているんですが」

「そうなっておればやむをえまい」

「では、しばらく死人といっしょでがまんしてください。南無……」

船頭は舟をそのほうへこぎ寄せた。助三郎は気をきかせて船頭が舟べりから手をのばすのを、反対側にからだをもたせて均衡をとってやった。

「おや、まだ飛びこんだばかりだこれは。だんな、いよいよやっかいなことになった。こりゃ、まだ助かるかもしれませんぜ」

船頭は腕をのばして、女のからだを引きよせると、そのまま船の中へひきあげた。

「助かるものなら助けてやるがよかろう」

「と、簡単におっしゃるが、いちど死に神につかれた女なんざあ始末のわるいもんでね。やれやれ手数をかけやがる。おや、これはまたすごくきれいな女だ。水をのんでいねえようだな」

引きあげてあかりをかざす船頭のわきから、助三郎もなにげなく女を見やった。

水をのんでいないとすれば、どこかで飛びこむときにすでに気を失っていたか、それとも自殺ではなくて、気を失っているのをそのままほうりこまれたのか。

「水をのんでいないとはふしぎだが……」

言いかけて助三郎は、おもわずわが目をこすってみた。

細雨にうたれている水死人の顔が、水戸一の美人とうたわれた石川玉章の娘の千鶴……いや、老公のご落胤の千鶴に瓜二つに見えたのだ。

「船頭！　そのあかりを貸せ」

「どうかしたんですか。まさかだんな、ご存じの人じゃないんでしょうな」

「それがどうやら……」

船頭の手からあかりをとると、みだれかかる黒髪を額からかきのけ、

「あっ、千鶴さま……」

助三郎はわれを忘れて岸を指さした。

「船頭早く早く！　船をつけてくれ。どうやら拙者の知人のようだ」

「えっ？　やっぱり、そいつは助かった。あっしゃまた、このあと始末をどうしようかと思って、やりきれなくなっていたとこでさあ」

船頭は勢いこんで艪をおしだした。

小さな船は、はげしく舟体を右に左にふりながら岸に近づく。

いぜんとして雨は降りつづけていたが、待乳山の下のあたりに三つ四つ火影《ほかげ》がけむって見えている。

「だんな、さ、着けますよ」

「おお、静かに頼むぞ。どうやらこれは助かりそうだ」

ふり返ってみると、助三郎はぬれた女を肩にかつぎ、はかまのすそを高くからげて船をおりる用意をしていた。

船はくいとくいの間を、するりとぬけて、ザザッと軽く底で砂地をすった。

助三郎はひらりとおりた。

5

まだ千鶴とははっきり決めかねる。というのは、その身なりがあまりにじみだからであった。

「船頭。とにかく、そのほうの知っている茶屋へ案内してくれ」

「はい。こっちでござります。つまずかないようになすって」

渡し場の見かけの松から二軒めの茶屋の前へ来ると、船頭はらんぼうに油障子をそとからたたいた。

「おいばあさん、あけてくれ。新し橋の河童の仙だ。お客さまをお連れしてきたんだ。雨やどりをさせてくれ」

船頭の声にこたえて、ごそごそと人の動くけはいがし、中からさらりと戸かあいた。

「あいにく雨になってね。客もねえようだから、戸を締めて早寝にしようと思っていたところさ。さ、はいっておくれ」

それから、六十あまりのがんじょうなからだつきの老婆は、うしろに立っているのが女をかついだ武士と知ると、またていねいに頭を下げた。

「これはこれはお武家さまで。むさくるしいところでごぜえます」

「許せよ」

助三郎は小さな店の土間を素通りして、炉を切った素縁の板の間へあがっていった。

「老婆、すまぬがちと火をたいてくれ。ただいまこのおなご衆を水の中から拾いあげてきたのでな」

「え？ 水の中から……すると、土左衛門でございますか」

「うんにゃ」

と、船頭があとを引きとった。

「まだ土左衛門までゆかねえ半左衛門だ。だんながご存じのかたかもしれないとおっしゃる。助かるかもしれねえんだよ」

「それはそれは」

老婆が消えかけていた炉に急いでたきぎをそえてゆくと、パッとあたりが明るくなった。

助三郎は女のうしろに回って、ウムと活をいれてゆく。

と、そのときだった。前へまわって女の顔を見やった老婆が、

「ありゃ、これはきのう、この先の六兵衛店に越してきた杉山さんのご新造さんでねえか」

「なに、杉山？」

助三郎がそれを聞きとがめたとき、当の女はフームとかすかに低いうめきをあげて手をうごかした。

「はい。まちげえございません。これはたしかに杉山さんのご新造さんだ」

「へえ、そのご新造さんがなんだってまた身投げなんかしたのかな」

「そんなことをわたしがしるものかね。ほらほら気がついた。本人にきいてみりゃいちばん確かだ」

助三郎は、この家では着替えもあるまいと思ったので、いっそう女を火のそばへ寄せながら、

「気がつかれたか。しっかりなされ」

女は、はじめて大きく目をひらいて、それからあたりをおずおずと見回しだした。

船頭の顔。

老婆の顔。

そして、その目が。助三郎の上にとまったとき、

「あっ！」

と、かすかにおどろきの声がもれた。

「千鶴どの……」

千鶴はしぼらくブルブルと震えていたが、

「いいえ、いいえ、千鶴などと申すものではござりませぬ。どうぞお見のがしを」

はげしく首をふってうなだれた。

6

「お見のがしだなんて、とんだことをご新造さん……こちらのお武家さまが、こなたを助けて来てくだされたのだ。お礼を申し上げなされ」

老婆にいわれて、千鶴は、いよいよ小さく消えるようにうなだれる。

助三郎はそうした千鶴を、しばらくまたたきもせずに見つめていた。

おそらく、かれの頭では、この奇怪な千鶴との再会は解ききれない深いなぞだったのにちがいない。

「老婆――」

しばらくして、助三郎は千鶴から目をそらした。

「なるほど、これは拙者の知人ではないようだ。よく似ているが……」

「さようでござえますか。でも、これは杉山さまのご新造にちがいござりませぬ」

「その杉山氏とかいわれる人は、きのう越してまいったとか申したな」

「はい。きのう六兵衛店へ越してまいりました浪人衆でござえます。どちらもあんまりきれいなご器量で、そのうえ仲がよいのでな、みんなが六兵衛店へ鶴がおりたと話しあっていたので」

「うーむ、すると、これなる婦人に夫があるというのか」

「はいござえます。だんなさまもそれはごりっぱな、まだ若いかたでござりまする」

助三郎がうなずきながら千鶴をみたとき、千鶴はパッと立ち上がった。その場に居耐えず、逃げだそうとしたのである。

「あっ――」

と、船頭がすそをおさえた。

「お見のがしを、お慈悲でござりまする。お慈悲で……」

助三郎は目を閉じた。

武骨一片のかれの頭にも、はじめて事情がおぼろげに描けてきた。

相手は長い間いっしょに監禁されていた格之丞にちがいない。

その格之丞と千鶴が、ついに越えてはならぬかきを越えてのもだえであろう。が、さて、そうわかると、これはいったいどうしたらいいのかわからなかった。

石川玉章の娘――というだけならば、表面をとりつくろうて、あらためて祝言させる手がなくはない。が、なにしろ千鶴は老公のご落胤なのだ。

「どうぞお助けくだされませ。事情あってこの世に生きていられぬからだ。なにとぞお情けにお見のがしを」

「だんな、どういたしましょう」

助三郎は静かに首をふった。

「拙者の知人ではなかったが、いちど助けてきたものを、死ぬと知って手放すわけにはまいらぬ。拙者に考えもあれば、いましばらくのがさぬように見張っていてくれ」

それから千鶴に向き直って、

「お静かになされ。恥を知りなされ」

千鶴はびくりとして、くずれるようにまたすわった。

「この世には、わが身ひとりがあるのではござらぬ。親、兄弟、朋友、主君と、義理の糸の中にある。つらいゆえ死んでしまうではすみませぬぞ」

千鶴はワーッと泣きだした。

「拙者これから、その杉山氏とやらに会うてまいる。それで納得できたら、あらためてご自害なされ。そですり合うも他生の縁、そのときには介錯して進ぜる。それまで、ここを動いて人騒がせはなりませぬぞ」

きびしい語調でいってから、老婆をふり返った。

「船頭に酒をあげてくだされ。それから拙者に、その六兵衛店とやらを教えてもらおう」

「はいはい、ご親切さまに、それまではご新造さまをきっとわたしたちで見張っていますす」

助三郎は紙につつんで何がしの鳥目を老婆に渡し、たき火のあかりをたよりに土間へおりた。

7

雨はいぜんとして、しとしとと大地をたたいている。足もとは暗かったが、老婆に教えられた長屋がわからぬほどではなかった。漁師らしい小さなあき地のある家のわきをまがって、野ら犬にほえられながら長屋の路地をはいっていった。

片側六軒ずつ十二軒。二畳と六畳らしい四角の長屋の間をはいっていって、右の三軒め。見ると、窓にぼんやりとあかりがうつっている。助三郎は、そっとその破れに目をあてた。

ひとりの浪人が、肩からそでを手ぬぐいでしばって、こちらに半面を見せてかさを張っている。まぎれもない杉浦格之丞だ。

コトコトと、助三郎は窓をたたいた。

「どなたでござる」

「杉山氏はご在宅かな」

格之丞がハッとしたように顔をこっちへ向け変えたとき、さらりと助三郎は窓をあけた。

「あ——」

と、格之丞は顔をそむけた。

「杉山氏、ご精が出るのう」

「…………」

「拙者は水戸の老公が家臣、佐々助三郎と申すもの。いかがであろう、ご貴殿のこの城郭へおじゃまいたしてもよろしかろうか」

かさをさしたまま窓越しにいわれて、格之丞はしばらく石のように動かなかった。

「むかし、拙者の朋友で同じ老公の家臣に、杉浦格之丞という者があっての」

「…………」

「この男、老公の心事を早がてんして、千鶴と申すおなごのあとを追って江戸にのぼった。老公はそのことをことのほかにお気にかけられ、拙者に無事に連れもどるようにとお命じなされた。その件につき、おりいってご貴殿にご助力願いたい儀がござるが、いかがであろう」

格之丞は思いきったように顔をあげた。

「なにとぞおあがりくだされ」

「では、ごめんこうむろう」

助三郎はかさのしずくを切って、窓と並んだ入り口の板戸をひらいた。

「ときに、杉山氏はどうしてここへお住まいかな」

「佐々どの！　もうおよしくだされ。このとおり……格之丞はあやまりまする」

「ほほう、すると、杉山氏も格之丞どのと申されるお名まえか」

「見つけられた以上は、拙者も覚悟つかまつる。貴殿の言われるとおり……切腹なりと切り捨てるなりと」

「杉山氏」

「はい」

「ときに、ご内儀はどうなされたな」

「えっ？　それまで貴殿はお調べか……」

「どうなされたとたずねているのじゃ。お答えなされ」

「申しわけござらぬ。不忠……不義……お笑いくだされ、佐々どの」

「またことばをそらされる。ご内儀はどうなされたッ？」

はげしく問いつめられて、格之丞は肩から手ぬぐいをはずしていった。ぴたりと両手

を畳について、

「はずかしながら、最後に残った髪のものを売りに参りました。もうほどのうもどってまいりましょう」

「最後に残った髪のものを……」

「はい。武士の魂の刀を売って、ようよう糊口をしのぎ、きのうここを借りうけたがあとは無一文。やむなく……」

そこまでいうと、格之丞はハラハラと両手の上へ露をおとした。

8

助三郎はしばらく凝然とひざに手をおいていた。

(千鶴の投身はしらずにいる……)

と、思うと、それを口にするのが残酷な気がしたが、言わずに済むことではなかった。

「杉山氏、ご内儀が、隅田川に投身されたのをご存じあるまい」

「えっ、あの千鶴どのが……」

助三郎はうなずくかわりに、じっと格之丞を見すえていった。

「その原因、貴殿にはよくわかっているはず、まさか髪のものを取り落としたとか、紛失したとかではござるまい。心あたりをお聞かせなされ」

「あの千鶴……」

もう一度つぶやいて、格之丞はパッと助三郎の刀を取ろうとした。おそらくそれで切腹する気にちがいない。額もくちびるもまっさおだった。

「待てッ！」

助三郎はぴしりと、手刀で格之丞の手首をたたいて刀を取った。

「理由を明かさず死のうとする。いよいよもってきかねばならぬ。格之丞！」

助三郎はもはや、相手をしからずにはいられなくなってきた。

「それで、お身はご老公の寵臣か。切腹して責めをのがれて、それで済むと思うておるのかッ。心配するな。千鶴どのはな、この助三郎が危ういところで救うてあるわ」

「えっ、ではあの……」

「仮死の姿で流れているのを、船に救いあげてさる場所においてある。老公のお心を思うたら、あやまちはあやまちとして冷静に考えないで済むと思うか。たわけ者ッ」

格之丞はまた深くうなだれて、肩をふるわして泣きだした。

「さ、男らしゅう事情を語れ」

「佐々どの、面目ない……格之丞は生きながら地獄へおちた人非人」

「事情を話せ。よけいなことは聞く耳持たぬ」

「はじめ格之丞は、お藤をそそのかして出府した。他意はなかった。駆けおちと見せかけ、藩籍をのぞかれたうえで千鶴どのを救い出そうと」

「それも知っている。次を話せ」

「ところが、お藤はいつかわしを恋うようになってしまった。わしもついその情にうごかされ、目的を達したうえで夫婦になろうと……」

「約束しながら、こんどは千鶴どのと契ったのだな」

格之丞は顔もあげえずにうなずいた。

「拒みかねたのだ。拒めば千鶴どのは自害する。それを恐れて。わしはそれほど弱かった……笑うてくだされ、佐々どの」

助三郎はムッとくちびるを閉じて考えこんだ。

ようやく事情ははっきりした。妹との約束を知って、千鶴は死のうとしたのにちがいない。

(これはいったいどうさばくべきか……)

ひとりの男とふたりの女。しかも、相手は義理の重なる姉と妹。そうした世界にうとい助三郎には、どうさばいてよいのかまるきり見当はつかなかった。

「佐々どの、教えてくだされ。格之丞はどうしたらよいのか教えてくだされ……」

「たわけめッ。学問や剣法とは事が違う。拙者にもそうたやすくわかるものかッ」

しかっておいて、助三郎は、ぐっと胸に腕を組み、それから大きくため息した。

姉妹裁き

1

「お藤、まだ起きているのか」

本阿弥庄兵衛がはなれをのぞいてみたのは、かれこれ五ツ半（九時）だった。

「はい。まだ起きています」

「何をしているのだ、おそくまで」

「はい、お経を写しておりました」

「お経を……あ、それは観音経だな」

「はい。観音さまのお慈悲にすがって、姉さまと格之丞さまがご無事でいますように……」

庄兵衛は机の上をのぞきこんで、ふっと胸が熱くなった。

どこまでも姉思いのお藤。それが神仏にすがって姉の無事を祈る裏には、格之丞への思慕がかなしくひそんでいる。

あきらめようとでもするのであろうが、あきらめきれずにもだえているのがよくわかる。

「どうじゃ、もしふたりが現われて、うわさどおりであったら、こなたはそっと身をひけるか」

残酷な気はしたが、それを確かめずには、うかつにふたりを捜しもならぬ庄兵衛だった。

お藤は顔をあげて、まっすぐに庄兵衛を見上げ、それからそっと首を左右にふった。

「あきらめられぬというのか」

「ええ」

「困ったものじゃなあ」

「でも……」

お藤はしんけんに何か言おうとして、思い直したように笑ってみせた。

「わたしがいっしんにお経を写していると、妙なことがありました」

「妙なこととは?」

「姉さまの声が聞こえたのです。お藤、そなたと格之丞さまとしあわせに暮らしてくだされと」

「なに、それはいったいいつのことだ……？」

「きょうの暮れがた、雨がしとしとと降っていて、あかりをいれようかどうかと思っていたとき」

「え……！」

庄兵衛はなにがなし、ゾーッと背筋に冷水を浴びせられたような気がした。

庄兵衛も、実はそのころに一つのふしぎを経験していたのだ。

客が来る日には鳴り方に足音がまじるといわれている、茶がまのわきで本を開いているときだった。雨の中を、ひたひたと庭へはいってきたものがある。

かまも鳴っていたし、足音もたしかに聞いたので、懇意にしている同朋衆（茶坊主）でもたずねてきたのであろうと思い、中から障子をあけてみたがだれもいなかった。

庄兵衛はあわてててぬれた地面を見た。だれか来たのならば跡があると思ったので。

ところが、そのあともなく、ただ足音だけが薄気味わるく耳に残っている……。

時刻が合う。というのは、もしや千鶴の身の上に何かあったのではあるまいか……？

「お藤――」

「はい」

「実はな、わしもちと気にかかることに出会うた。千鶴どのに何か変わったことがなければよいが」

「わたしも、それを思うておりました」

ふたりがまた顔を見合わせたときだった。

「頼もう。本阿弥庄兵衛どのご在宅なれば、夜中はなはだ恐縮ながらお目にかかりたい。水戸のご老公の臣、佐々助三郎と申す者でござる」

庄兵衛はハッとして母屋への廊下を走った。

2

雨はあがっていたが、雲はまだ空にいっぱいだった。それでも、月がその上にあると見えて、地上はほのかに明るかった。

「頼もう、本阿弥庄兵衛どの……」

「ただいまあけまする。しばらくお待ちを」

庄兵衛が走り出て門をひらくと、助三郎は、

「夜中、まことに」

また、丁重に頭を下げた。

「もはやお休みではなかったのかな」

「さあさあ、おはいりくだされ。まだ休まずにおりました」

「それではご迷惑でもしばらく。実はこの助三郎にも思案のつかぬことがもち上がって、お知恵を拝借にまかり出ました」

「と、おっしゃると、もしや千鶴どののことでは」

座敷に案内しながら、庄兵衛はきかずにいられなかった。

「ほほう、これはぴたりとずぼしでござる」

「やっぱり……では、千鶴どのの身の上に何か変事が」

「ござっての。それでご相談に」

庄兵衛はふたたび、ゾーッと寒けをおぼえた。

「まずまず、これへ。して、どのようなことが」

「それが、ちと申しにくいのだが、藤井紋太夫が、ご老公に、本日夕刻、向島の水戸家お下屋敷の近くにて、千鶴どのと格之丞の両人を伴いきたる者があるゆえ引き取られたいと言上し、拙者はその使者に参ったとおぼし召されたい」

「あの両人を紋太夫が……それはちとおかしい。すでに両人は……」

「待たれい庄兵衛どの、それはいつわりでござった。紋太夫めが拙者を自党の者に討ち取らせようとしての計略、これを無事に切りぬけて、はかられたと知ったゆえ、そのまま船でもどろうとすると、河中に浮かんでいる若い女の死体に出会うての」

「えっ？　では、それが千鶴……あの、それが」

庄兵衛にいわれて、助三郎は目をパチパチした。

「やっぱりそれでは、あの足音は別れに来たものであったか」

「すると、こちらに何か変わったことが」

「ござりました。が、それで……」

「船頭に命じて、船にはこび入れてびっくりした。まぎれもない千鶴どの、夢を見るような思いでからだにふれてみると、入水するまえすでに気を失うていたとみえ、まだ生き返る見込みがある。急いで岸の茶屋へあがって、さて助けてはみたものの、そのあとで途方にくれました」

「では、あの助けて……千鶴どのを？」

助三郎は大きくうなずいて、懐紙を出して額の汗をぬぐった。

「千鶴どのは、待乳山の近くに格之丞とふたりで住んでいた……これが拙者の知恵におよばぬ事実の一つ」

「ふたりでいっしょに……」

「事情ある千鶴どの。これはこのまま済まされぬと格之丞を難詰に参ってみれば、格之丞め、何も知らずにむさい長屋でかさを張っている。いやはや、めんくろうことばかりで……いったいこれは、どうしたものでござろうか庄兵衛どの」

そういうと、さすかの助三郎も途方にくれたように吐息した。

庄兵衛はだんだん身をのりだした。

3

庄兵衛は身をのりだして、

「するとふたりは、もはや夫婦同然に暮らしていたのでござりまするな」

助三郎は困りきった表情でうなずいた。

「むろん、拙者もしかりました。なんとしたふつごうであろうかと……だが、これもよく考えると無理からぬ事情からでござった。ふたりいっしょに柳沢家の下屋敷で起居するうち、千鶴どのの恋慕にこたえるのが忠義と……格之丞め錯覚を起こしたらしく……」

庄兵衛は手をあげて助三郎をさえぎった。廊下にことりと何か音がしたような気がしたのだ。

(お藤が立ち聞いているかもしれぬ)

庄兵衛はいっそう声をおとして、

「すると千鶴どのは、妹お藤と格之丞の間のことははじめは知らずに」

「いかにも。それを打ち明けると、千鶴どのの身分にも触れねばならぬ。それでひどく苦しんだ様子でござる」

「それをしかし、ついには打ち明けたのでござろうか」

「さよう。それゆえ、千鶴どのは一度はそのままふたりで身をかくそうと決心したらしい。しかし、姉思いの妹のこころを思うと、それも悲しい地獄であった。思いつめて、けっきょく死ぬよりないと考えたものらしく、格之丞のもとで、格之丞を問いつめている間に遺書が出てきて、事情ははっきりいたしたわけ」

「その遺書にはなんと書いてござりました？」

「千鶴は世をはかなんで死んだ。死なせた罪をわびて老公のもとへもどり、あらためてお藤と添いとげてくれるようにと書いてあった」

「ふーむ」

庄兵衛は胸の腕をそっとといて、目がしらの露をふいた。女心のいちずさが、こんなに悲しく思いやられたことはなかった。

一方は妹。

一方は姉。

といって、格之丞を責める気にもなれない。若い男女を長い間一室に閉じこめておいた柳沢吉保の陰険さが憎く、そんなはめに追いこむ原因を作っていた藤井紋太夫が恨まれた。

「のう、庄兵衛どの。とにかく拙者は、ふたりをきびしくたしなめてまいった。拙者があらためて迎えに参るまで、死ぬことはまかりならぬと……だが、いったい、これはどうさばいたらよかろうか？」

「そのことでござる……」

「お藤どのは、格之丞をあきらめてはくれまいか」

「あきらめられぬと申しておるが、しかし」

「貴殿から、千鶴どのの入水のこと、話してやってもだめであろうか」

庄兵衛は、またそっと目がしらへ指をあてた。

自分はお藤を見ているので、どうしてもお藤の悲しみに打たれてゆく。が、助三郎は死のうとした千鶴の哀れさを見てきているだけに、お藤にあきらめさせたい気持ちらしい。

が、若しこの事情を話していったら、こんどはお藤が自殺しようとするのではなかろうか……？

　いや、お藤が自殺していったら、千鶴もまた生きてはいまい。ふたりを殺してそのうえ、格之丞や老公の名を出すようなことがあっては、それこそ一大事。さればといって、ほかに思案もない。

　と、そのとき、廊下へしずかな足音がひびいてきた。

4

　庄兵衛はおもわず耳をすましていった。

　女中が茶を運んで来たのか、それともお藤か。障子の外で足音はとまった。

「おじさま、おじゃまいたしても、よろしゅうございましょうか」

　やっぱりお藤だ。庄兵衛と助三郎は、ハッと顔を見合わしてうなずきあった。

「こなたもよく存じている佐々助三郎さまじゃ。はいってよい」

「はい。どうやら佐々先生のお声と存じましたゆえ伺いました」

　さらりと障子があいた。お藤は静かにはいってくると、畳に両手をつかえて助三郎を見上げた。

「おなつかしゅう存じまする」

「おお、こなたも無事でなによりだった」

「その節は、危ういところをお助けくださいまして」

お藤はそういってから、かすかに笑ってみせようと努力した。まぶたのまわりが赤くなっているのは、すでに立ち聞いて泣いていたからであろう。

「水戸にいるころよりはずっとおとなになった。いろいろ苦労をしたであろう」

お藤はそれには答えないで、

「先生！」

と、低いが強い声でいった。

「先生には、幼いおりから人の道を教わったり、剣術のまねごとを習うたり……」

「そうであったのう。そのころは、こなたもなかなかおてんば姫であった」

「そうした大恩ある先生ゆえ、お藤の甘えたお願いをお許しくだされませ」

「おお、何ごとか言うてみるがよい」

「お願いでござりまする。姉さまに会わせてくださりませ」

助三郎は、また庄兵衛と顔を見合わした。

「どうやら、先生のお手で姉さまのかくれ家がわかった様子。会うてきっぱり……」

いいかけてふとうなだれて、

「あれこれ話し合うて見とう存じまする。どうぞ最後のわがまま、お聞きとどけくださいませ」

「庄兵衛どの、なんとしよう」

助三郎が困りきって庄兵衛に問いかけると、庄兵衛は決心したようにうなずいた。

「会わせていただきましょうか。そのほうが互いに胸が晴れるであろう」

助三郎もうなずいた。

「よかろう。では会わせましょうが、その時は」

「お願いでございます。今夜、これから」

「これからすぐにと申すのか」

「はい。思い立ったときが……飛び立つように会いとうございまする」

「では庄兵衛どの、これからかご三丁くめん願われまいか」

「よろしゅうございます。心配いたしましょう。なるほど、これは早いがよいかもしれぬ。もしまた向こうに……」

手違いがあってはならぬと庄兵衛は座を立った。

そして、急いで出入りのかご屋へ使いを走らせ、かごが来ると三人はそのままそれに乗って庄兵衛の家を出た。

まっ先が佐々助三郎。次がお藤、あとが庄兵衛。

そうして、夜ふけの町をかごを走らせながら、助三郎はしきりに小首をかしげていた。いったい、お藤は姉に会って何というつもりなのか？　武骨な助三郎には、それがかいもくわからなかった。

5

かごが格之丞の長屋へ着いたのは、すでに真夜中近かった。だんだん雲が薄くなってゆくらしく、あたりは銀粉をまいたような明るさに変わっていた。

佐々助三郎は黙って先に路地をはいった。こんども窓の外にたたずんで、中の様子をうかがってからコトコトと戸をたたいた。

むろん、中のふたりも眠ってはいなかった。助三郎にきびしく念をおされて、格之丞は真四角にすわったまま千鶴と向かいあっていたが、あわてて立って戸をあけた。

「みんなでやって来た。話し合おう」

助三郎に声をかけられ、格之丞はがっくりと首をおとした。

庄兵衛の目よりも、そのうしろにずきんをかぶって立っているお藤の目がたまらなく心に痛い。

「さ、どうぞ、おはいりくだされ」

助三郎が狭い上がりかまちへ立って庄兵衛にいうと、

「ごめん――」

庄兵衛はじろりと家の中をにらんで上がってくる。そのころにはもう格之丞は、以前の場所へもどって小さくすわっていた。

千鶴だけが、おびえたひとみでみんなを見迎えた。

助三郎から、庄兵衛、お藤の順にすわると、六畳間はいっぱいになって、息づまりそうな温気《うんき》であった。

だれもなんといって口を切ったらよいのかわからず、気づまりな沈黙が果てしもなくつづきそうであった。と、それに耐えられなくなって、

「格之丞どの、しばらくだった」

と、庄兵衛。

しかし、それはかえって鋭い皮肉にひびいたらしく、格之丞の手はぴたりと畳にすべっていた。

「申しわけござりませぬ。かってな自決は許さぬと、佐々どのにきびしいおしかりをこうむりました。生き恥をさらしまする。ごぞんぶんに」

そういうと、こんどは千鶴があわてて庄兵衛にむき直った。

「いいえ、格之丞さまがわるいのではござりませぬ。みなこの千鶴がはしたなく……お許しなされてくださりませ」

またことばはなくなって、しみ入るような千鶴の嗚咽がへやにこもった。

助三郎と庄兵衛は、言い合わしたように胸へ腕をくんでいった。

まだずきんもとらず、一言も口を開かぬお藤の視線がいたましく、見ているのがつらかった。

どこかで一番鶏が鳴きだしている。もう暁に近いらしい。

「姉さま」

その鶏の声を二つ三つ数えてから、お藤ははじめて口を開いた。

「おなつかしゅうございます。どんなにお会いしたかったか」

「お藤、知らぬこととはいいながら、こなたや格之丞さまに迷惑かけて、……千鶴は死んでおわびする気でしたのに」

お藤は手を振って、姉のことばをさえぎった。

それから、はじめてしずかにずきんをぬいでゆく。はらりと紫のずきんが髪から離れたとき、庄兵衛はあっといった。

お藤の黒髪は、元結いぎわからぷっつりと断たれていたではないか。……

6

助三郎もハッとしてお藤を見やった。格之丞と千鶴だけは、まだうなだれていてお藤の髪には気がつかない。

かごに乗るときにはたしかにあったみどりの黒髪。それがないのは中で切ったものであろう。

お藤はまっしろな指で、きちんとずきんをたたんで畳においた。そして、こんどは帯のうちをさぐって、一握りの黒髪をとり出した。

動作は静かすぎるほど静かであったが、その髪を、たたんだずきんにのせたときには、澄んだひとみにいっぱい露が光っていた。

「姉さま」

「あい」

「ご覧くだされ。これがお藤の贈り物……」

言いかけて、あわててはげしくかぶりを振って、

「いいえ、贈り物ではございません。姉さまの居どころがわかったゆえ、お藤は自分の

気ままな道を……」

「あっ！　こなたは……まあ！」

おどろく千鶴に、お藤はまた手を振った。

「許してくださりませ。姉さまをお助けできためでたい日に、こんなものをお目にかけるわがままを」

「なんといやる……こなたはそれを自分の気ままと」

「はい気ままでござりまする」

「お藤！」

「いいえ、お心づかいはなされますな、お藤ははじめからその心でございました」

「その心とは？　ふにおちませぬ。それでは、千鶴の心がすまぬ」

「いいえ」

お藤ははげしく首を振った。

「姉さまの見つかる日まではやむをえず、気ままな道は歩きませぬが、見つかったら出家をお許しくだされと、これは水戸を出るときからのお藤の心願でござりました」

「それは……それは、まことであろうか」

「なによりの証拠はこの黒髪、みてくだされ、お藤は笑っておりまする」

「と、いわれても、まだ納得できかねる……」

千鶴が言いかけると、お藤はまっかになって、またさえぎった。

「そのご不審は、わたしから格之丞さまへおわび申し上げまする」

「えっ、格之丞さまへ……？」

「はい。格之丞さま」

お藤に向き直られて、格之丞は血のけのない顔をあげた。

「許してくださりませ格之丞さま、お藤はあなたさまをだましました」

「え？　拙者をだましたとは？」

「何もかも、姉さまを見つけたいばっかりに、心にもないことを……」

格之丞はポカンと口をあいたまま、お藤の顔を見まもった。

「姉さまをお助けする味方はあなたさまと……お許しくださりませ。あなたさまのお心をしっかりつかんでお働き願わねば、姉さまは助けえまい。何もかも目的をとげるためにと、あられもないこといたしました。そうそう、その黒髪もそのおわびの印とおぼし召しくだされば……」

「わかった！」

と庄兵衛が、半分泣いている顔でひざをたたいた。

「それで読めた。そうか、それがお藤の本心だったのか。そうであったか……そうで……」

7

お藤の考えぬいた犠牲の美しさは、庄兵衛には骨を刺される思いでわかったが、佐々助三郎はわかったような、わからないような気持ちであった。

それでなければ、おそらく千鶴や格之丞の心の負担は救いきれまい。

お藤があらためて格之丞の前へ両手をついてわびてゆくと、助三郎は小首をかしげてひとりごちた。

「わからぬ。武士道のことと違うて、人情のことはわからぬ。すると、お藤の目的はべつにあったというのじゃな」

「はい。負けぎらいから、つい脱線いたしました」

お藤ははっきりと答えて、また笑おうと悲しい苦心をしていった。

「なるほど、目的のために武士は命を投げだすが、おなごは操をかけてゆくか……すると、千鶴どのの思案も、格之丞の思いすごしも、だいぶとけてまいるわけじゃの」

助三郎は千鶴に視線をうつして、

「千鶴どの、聞かれるとおりじゃ。早まってはならぬとがてんがいったであろう」

千鶴はまだうなずきはしなかった。なにかしら解けないなぞが感じられる。

格之丞にしてもおなじであろう。

どちらも、ぼんやりとお藤と黒髪を交互に見やっている。

「これで一つは解決した……」

庄兵衛は息がつまりそうでたまらなかった。なんとかこの場をとりつくろって、話題を変えてもゆきたかった。

「出家するのがお藤の志であったとすれば、これも身の立つように考えねばなるまいて、のう佐々どの」

「いかにも」

「いかがであろう。姉妹のこの始末、貴殿にお任せ申すゆえ、いちおうご老公のお耳に入れては」

助三郎はうなずいた。

かれもいま、それを考えていたところであった。お藤の件は解決しても、千鶴と格之丞のことはまだ問題をのこしている。

老公がこの寵臣と娘の恋をどうさばくか？

「お耳に入れられぬこともござろう。また入れねばならぬこともござろう。その辺のこと、佐々どののご裁量にお任せしたいが」

「引き受けました。立ち帰って、すぐ老公に言上し、そのうえでおさばき願うとしよう。これ格之丞」

「はい」

「聞いたとおりじゃ。よいか、ご老公からなにぶんのさたあるまで、ここを動くことは相ならぬぞ」

助三郎はきびしくいうと、庄兵衛はお藤をうながして立ち上がった。

「では、ひとまずわれらは立ち帰ろう。かごが待っている」

「では、姉さま！　必ず迎えが参りますゆえ」

「お藤……」

お藤は姉の視線をのがれるように外へ出た。

ひと足先に出て、路地口で待っている庄兵衛を見ると、われを忘れて走りより、両手で顔をおおって、その胸に泣きくずれた。

「よい。よい……泣くな。泣くと佐々どのにさとられる。さすがはお藤、よう」

すでに朝の満潮の時刻らしく、川風に潮の香がつよくまじりだしている。

また何か格之丞に念をおして、助三郎がさいごに出てきた。

静かなる舞

1

藤井紋太夫にとって、すべてを賭けた一夜は明けた。佐々助三郎も、助三郎を切りにいった人々も、昨夜はついにもどらなかった。

が、老公はいぜんとして、今朝早暁から起き出して、法華経の信解品を誦している。

その静かに澄んだ声を聞いていると、紋太夫のこころはあやしく騒いだ。

助三郎の暗殺の成功不成功はとにかく、昨夜こそは老公をわが手で刺そうと近侍していたのに、ついにそのすきがなかった。

なぜすきがないのかわからなかった。

軽い寝息を聞いて刺そうとすると、ウームと老公は寝返られる。そして、そのたびに二言三言、何かと話しかけてはまた眠ってゆく。

べつに警戒している様子はないのに、刀に手をかけるときっと動いた。

そして、ついに亥《い》の刻（十時）を無為に迎えて、

「――ご苦労だった。さがって休め」

と、言われたのだった。そうなると、害心あるだけにそばへとどまるすべはなかった。

むろん、引きさがっても安眠できるはずはなく、薄氷をふむ思いであれこれと気をくばった。

助三郎を切りにいっただれかが帰ってきはすまいか？

首尾はどうであったろう？

夜が明けるのを待ってさっそく、それらの人人の長屋をたずねて回ったが、言い合わしたようにもどっていなかった。

五人が五人、助三郎に討たれて果てる……そんなことがあろうとは思えない。いや、現にその助三郎自身ももどっていないのだから、その点で取り乱す必要はないと思った。

（けっきょく、これは何かあった……）

と、紋太夫は考えた。

助三郎を切ったあとで思いがけない事件が起き、だれも水戸の士と名のれずにどこかで泊まったかもしれない。怪しい者と見られてあとをつけられては、屋敷の門はくぐれないからである。

紋太夫は老公の読経の済むのを待って、朝のあいさつに出ていった。

「おお、そのほうはまだもどらずに泊まっていたのか」

老公は小姓の運ぶ朝の茶を両手でささげて、おだやかに声をかけた。

「そのほうの忠勤に反して、なんとしたことか、佐々助三郎めはもどっておらぬ。不心得なやつだ」

「それについて、紋太夫も不審に存じております る」

老公は音をたてて茶をすすった。

「千鶴、格之丞の両人は、たしかに参る手はずであったのじゃな」

「仰せまでもござりませぬ。それがなぜもどってこないのか。まさか途中で……」

紋太夫が深いうれいを見せて首をかしげたときだった。

小姓の中原長五郎が入り側に手をつかえて、

「佐々助三郎さま、立ちもどられてござりまする」

「なにもどったと！」

老公、ちらりと紋太夫を見やって、

「下世話にはこれを朝帰りと申す。よし、しかってやろう。そのほうはあとで呼ぶまで座をはずせ」

そういってから、また思い出したように、

「そうそう、旅の疲れでおもわず長く滞留したが、わしもあすは立とうと思う。ついてはこよいこの屋敷の舞台で、なごりに『鍾馗《しようき》』を舞ってゆきたい。そのほう、したく万端手ぬかりなくいたしておくよう」

紋太夫は「はっ」と答えたが、全身の血が逆流して、あたりも見えない思いであった。

2

助三郎がはいってきたとき、ようやく縁の障子に朝の光がすがすがしくあたりだしていた。

窓の向こうでは、小鳥のさえずりが降るように聞こえている。

「助三郎、ただいま立ちもどりましてござりまする」

佐々助三郎は、いくぶんまぶたをはらしていた。眠り足りない様子がそれですぐわかった。が、老公はわざと声をきびしくして、

「そのほう、いずれで遊んで参った。わしばかりか、紋太夫までひどく案じて待っていたぞ」

助三郎は紋太夫と聞くとふきげんな顔になって舌打ちした。

「恐れながら、おさしずの場所には何者も姿は現わしませぬ」

老公は小さくうなずきながら、目だけは助三郎からそらさずに、

「それではそのほう、指定の場所をまちがえたのであろう」

「いいえ、そのような……」

「だまれッ。紋太夫のことばにいつわりのあろうはずはない」

助三郎は、それでようやく意味をさとったとみえ、

「恐れ入りました。そういえば、その場所に不逞《ふてい》な浪人者のつじ切りが現われ、それらにかかわり合っている間に、場所と時刻をたがえたかもしれませぬ」

「そうであろう。でなくば来ているはずじゃ」

そういって、老公はしばらく近侍の間の様子をうかがっているようだったが、

「出ていった。紋太夫が……」

ぽつりといって、それから助三郎を手招いた。

「近う来よ。くわしく聞こう」

助三郎はうなずいて老公の前にすすんだ。

「そのほう、昨夜は寝ておらぬ。右肩に凝りが見える。くせ者は何人だった?」

老公の細かさに、助三郎はおもわず大きく目をみはった。

「仰せのとおり……くせ者は五人でござりました」

「あいわかった。が、それがだれであったかは知ろうとするな。よいか」

「はい」

「藩中に恨みの種だけはのこしてくれるなよ。成敗すべきはわしがする。というよりは、人間すべてこれ仏、導く手落ちなくば必ず悪はせぬものじゃ」

「恐れ入ってござります」

「して、両人の手がかりはなかったか」

「それが……」

と、言って、助三郎はことばにつまった。きびしい中に、限りないいたわりをたたえた老公に、いったいどこまで真実を告げてよいのか迷ってゆく。

できうれば、千鶴の入水や、格之丞と姉妹のもつれた関係などは聞かせたくなかった。

しかも、そのもつれた糸も、お藤の犠牲で美しく解けていったのだ。

はじめはよくわからなかった助三郎だったが、だんだん時がたってゆくうち、お藤の心もわかってきた。

「何か手がかりはあったようじゃの」

「はい。たしかにござりました」

「何か言いよどんでいるようじゃが、遠慮はいらぬ。一方はわしが懇意にしている筆匠が娘、一方はわしの家来だったもの、できれば力になってやりたい。どこにいる?」

老公はそういうと、まゆ毛の下で目をなごめた。

「言いよどむな。そのほうなどより下世話のことはよう知っている光圀じゃ」

3

「どうじゃ、では、わしのほうから言いあてようか」

「は……?」

助三郎はいよいよあわてて、

「たしかに両人は無事でおりましたが」

「どこかの長屋にかくれていたか」

「恐れ入りました。そのとおりにござりまする」

老公は深くうなずいて、

「では、あのりちぎ者、格之丞はようじけずりかかさ張りをいたしていたであろう」

「かさを張っておりました」

「そうか。それもよかろう」

老公はべつに表情はうごかさず、

「どちらも若い。石川玉章も名のある筆匠、その娘の千鶴と格之丞、不似合いともいわれまい。では腰のものまで売り払っていたであろう」

「まことにご炯眼《けいがん》のとおりにござりまする」

「夫に腰のものまで売らせる。しあわせな女房じゃ」

助三郎はまた返事ができなくなった。このようなことには、人一倍きびしい老公と思っていたのに、いちいちことばは意外であった。

「それで……両人、いかが取り計らいましょうか。ご老公のおさばき、格之丞もつっしんでお待ち申し上げておりまする」

「なに、わしのさばき……？」

「はい」

「助三郎、とぼけたことを申すのう」

「と、おおせられますると」

「若い男女の間のことなど、なんでわしにさばけるものか、これは天地自然のこと。しかもかれらは、べつにわれらへ迷惑もおよぼしおらぬ」

「それはたしかに……」

「が、しかし、若年のおりの考え方と、分別ついてからの考えとは違う場合もしばしばある。いまは武士がいやになって浪人したのであろう。が、いずれまた仕官したいと思うときがあるかもしれぬ。そのときには、まずわしに相談せよと伝えておいてやれ」

「あの……また仕官の望みをいだきましたるときは」

「おお、わしがおいぼれていたら、中将どのに推挙しよう。あれの性根はわかっておる」

「ありがたきしあわせに存じまする」

助三郎がおもわず両手をついてゆくと、老公は苦笑した。

「そのほうに申しているのではない。それから庄兵衛にのう、しばらく親代わりとなって、世話するようにと、これはわしが頼んでいったと申してくれ」

「は……はい」

「助三郎、わしはあす江戸を立って西山荘に向こうぞ」

「それはまた早急に」

「と言っても、江戸での用はこれで済んだ。早く参って、ことしは手ずから種をまこう。ついては」

老公は一段と声をおとして、

「こよい中将どのとのお別れに能を一曲舞うてゆく。わしの能はしばらくぶりゆえ、みなも喜ぶであろう。家中残らず、舞台にあつまるよう、そのほう重役どものもとへ参って触れさせよ。そのあとで、いささか手みやげ代わりの酒も出そう。よいか、在府の家族一統みな集まれとな」

「心得ましてござりまする」

「そして、わしの後見は紋太夫に申しつくる。手ぬかりないよう用意せよ。舞うは『鍾馗』じゃと、紋太夫にとくと申せ」

助三郎、さいごのひと言がふっと心にかかったが、きき返しはしなかった。

4

佐々助三郎は老公の希望を、すぐに家老たちに告げて回った。

「なに、お父上が、おなごりの舞をなさるとか」

いちばん喜ばれたのは当主の綱条で、水戸屋敷はそれからごった返すさわぎになった。老公の舞は定評があり、その気品は大名中随一といわれていた。

その能が拝観できると聞いて、女こどもまでがわき立った。

能もよい。が、そのあとのご酒くだされは、無趣味の者にも歓迎される。あちこちの長屋に触れて回る者。料理、赤飯のしたくにかかる者。が、その中で、特に『鍾馗』を舞う、後見せよといわれた紋太夫の姿が見あたらないので、助三郎は小首をかしげてたずねて歩いた。どの門にまわってみても、紋太夫の姿を見かけた者はない。

(もしや?)

助三郎はハッと一つのことに思いあたった。鍾馗は唐の玄宗帝にとりついていた疫鬼をはらった伝説から出ている厄病はらいの神であった。

それをことさらに老公が舞うといったのは、あるいは紋太夫の奸智を見るに見かねて、自決せよとのなぞを投げたのではあるまいか。

事実、紋太夫に、もし一片の正義、一片の士魂があったら、すでに切腹していなければならないはずであった。

いや、これがただの君主のもとであったら、とうに切りすてられていたにちがいない。

老公なればこそ今日まで、懇々とうまずにさとしてきたのである。

さすがの奸物も、きょう助三郎が老公の前へ出ていったときには、ぜんぜん顔に血のけがなかった。

しかもなお、助三郎の報告を聞こうとして、次の間にひそんでいた。それを知って、老公はわざと紋太夫をかばっている。

かばわれた紋太夫も、こんどこそ恥を知って……そう思いながら助三郎は、念のために能舞台をのぞいてみた。

舞台の下に大がめを伏せて、朗々と声のとおるように設計し、わずかな足音まで高くひびく、当時江戸屈指の舞台であった。

と、その舞台の控えの間をのぞいてみて、助三郎はハッとした。

衣装箱から取り出した、黒冠や長ぐつや金襴の衣装を、紋太夫はすまして調べているのである。

「おお藤井さま、これにおられましたか」

「佐々どのか。ご老公が久々に舞われるとおおせられる。手落ちがあってはならぬと心得て」

助三郎はまじまじと紋太夫の顔を見直した。さっきあれほど青かった顔いろが、いつかまた端麗な美しさにかえって、何ごともなかったような平然さであった。

「佐々どの」

「なんでござりまする」

「昨夕は、ご両人に会えなかったと申されたの。浪人どもにつじ切りとかをしかけられて」

助三郎はあきれるよりも、むしろ感嘆したくなった。なんという不届きな奸智、不届きな性根、老公は人間ひとしく仏性あるゆえ、悪人なしといわれたが、これはまことにおそるべき白鬼であった。

「いかにも」

と、助三郎はつばをのんで、

「拙者の手落ちから場所もいささか違っていたらしく」

「ご心配召さるな。連絡して、あすあらためて連れて来させましょう」

衣装を手にとって調べながら、紋太夫は冷然としてうそぶいた。

5

「あす、千鶴さまと格之丞と、お連れくださるといわれるか」

助三郎があきれてきき返すと、紋太夫はおちつきはらってうなずいた。

「拙者の申し上げ方も悪かったかもしれぬ。本日の能が済んだら、直ちに連絡しなおそう。なんなら、あすは拙者も同道してもよい」

「それはかたじけない」

答えながら助三郎は、自分の頭が狂っているのではあるまいかと首をかしげたくなるほどだった。

昨夜会った千鶴も、格之丞も実は物の怪で、ほんものの両人は紋太犬かいずれかへかくもうてあるような気がしてくる。

それにしても、何がこのように紋太夫をおちつかせていたのか。

心の中でははげしい憎しみを感じながら、老公のことばがあるので反駁もならなかった。

（ただ者ではない……）

何か自信があってのこと、ゆだんはならぬと思いながら、助三郎は控えの間を出ていった。

紋太夫はそのうしろ姿を、刺すような眼で見送った。かれとても、表面ほどの冷静さが心にあるはずはなかった。

が、しかし、かれは異常な意志で、最後の機会をねらっている。かれにとっては、人生はつねに食うか食われるかの決戦場であった。

相手が勝ったと思ってゆだんしたら、そのときこそすきはある。そのすきを捕ええない者は、敗者になると信じていた。

むろんかれも、自分の陰謀を老公が全然知らずにいるとは思わなかった。

鋭さでは人並みはずれた老公である。自分が助三郎を倒そうと企てたことまでは、すでに感じとっているかもしれぬ。が、その老公にも、ただ一つのすきがあった。それは、いまだに老公が、自分の『徳』なるものを買いかぶってみずから酔っていることだった。

「――だまれ。紋太夫のことばにいつわりのあるはずはない!」

老公がそういって助三郎をしかったときは、からだのすくむ思いであったが、よく考えると、それこそ乗ずべきすきに思えた。

老公は最後まで紋太夫をかばいとおして、反省させるつもりでいる。いまの紋太夫には、それが片腹痛かった。そのようなもので紋太夫ほどの人間が、反省するものかしないものか見せてやろうと思っている。

紋太夫は、きちんと衣装を身につける順にならべ終わると、片ほおに薄笑いをうかべて、舞台の鍾馗が持つ剣のさやをはらってみた。

水戸家自慢の能の剣。

伯州の住人、大原実盛が鍛えた本身の剣は、ひっそりと静まり返った控えの間で、生あるもののごとく光っていた。

紋太夫はそっと、そのきっ先に指先をふれてみた。髪も断ちそうな鋭利さ。

これをいざ舞台に出ようというとき、最後に渡してやるのは後見の紋太夫なのである。

渡すと見せてさやをはらって、心臓めがけてただ一刺し。

相手はすでに面をかぶっているし、舞台では小鼓が鳴っている。おそらく、老公の断末魔の悲鳴は、それらによってかき消され、舞台への出の遅れをあやしんでいるうちに、どこからでも逃亡は自由であった。というのは、邸内の人々はほとんど能楽に集まっている。それも老公のさしずだと思うと、紋太夫のほおへはまたおもわず皮肉な微笑がわき上がった。

6

紋太夫は舞台用の剣をさやにおさめて、皮肉な表情でおしいただいた。いよいよ舞台の出となったとき、この場に居合わす者は、紋太夫のほかには、老公の刀をささげてついてくるお小姓の中原長五郎ただひとりになるはずだった。

いや、そのほかに衣装つけをてつだうお坊主と、二、三の小鼓その他についてきている供の者が控えているかもしれなかったが、これらは問題ではなかった。

家中の者は老公のお声がかりで、ひとりでも多く拝観のほうへまわるにちがいない。

きちんと衣装を整理し終わると、紋太夫は控えの間を出ていった。

舞台へまわって、こんどはこまかく金屛風をしらべたり、鼓の位置をきめたりした。

老公は踏むはずのない舞台。踏ませてはならぬ舞台。といって、その装置に手落ちがあったり、そそうがあったりしては見破られるおそれがある。

かれがお能方をさしずして、見物席へもどり、遠くから舞台の様子をと見こう見しているときに、当主綱条が、小姓をしたがえて下検分にやって来た。

「おお、紋太夫か。準備万端気をつけてくれよ。お父上最後の舞台になるかもしれぬ」

「心得ましてござりまする。紋太夫とても一生一代の思い出となります今日。じゅうぶんに心していたしまする」

「そうしてやれ。そのほうがついておるゆえ、余も安心じゃ。お父上もことのほかごきげんにわたらせられ、さきほど余のもとへ参られて、こんどの舞はあの世へのみやげ、きっと神に入った舞台を見せるゆえ、よく見て型を覚えよとおおせられた」

紋太夫はうやうやしく頭を下げてうなずいた。

「まことご風格にかなっただしもの。天下の清め役として、ご老公はそのまま鍾馗大臣にわたらせられまする。およそ、これほどご風格にかなった舞はござりますまい」

綱条はいくどもうなずいて、

「では、余は、控えべやまでは調べずに参る。手落ちなくせよ」

「はっ」

一度頭を下げて、それから思い出したように、

「殿！　しばらく」

「何か用か」

「お願いがござりまする。まことご老公一生一代の舞、異例ではござりまするが、その刻限にご老公にしたがいまするお小姓、これにも拝観お許しくだされるよう願い上げまする」

「おお、よかろうとも。お父上が舞台にいらせられる間、舞台裏で刀をささげている要もあるまい。して、その刻限の小姓は？」

「中原長五郎にござりまする」

「そうか、お長か。では、そのほうから、余が許したゆえ、表へ回って拝観せよと申してやれ」

「ありがたきしあわせ。長五郎に代わりまして厚く御礼申し上げまする」

「それだけか」

「はっ。お足をとどめまして」

「では参ろう」

紋太夫の奸計に気のつかない綱条は老公に付き添う、ただひとりの小姓までをおそばから引き離すことに同意して、ゆっくりと能舞台へ出ていった。

7

紋太夫は綱条の許しを得ておいて、それから老公につけてある小姓の中原長五郎を舞台へ連れて来た。

十六歳の長五郎は、面は女のように優しく、ことに朱唇《しゅしん》のあでやかな小姓であったが、綱条がわざわざ老公のおそばへつかわすほどあって、腕も肝もすわっていた。

もし老公の身に危害を加える者があったら、おそらくふたりや三人向こうにまわしてひけは取るまい。

そのような、いちずで純情な小姓にそばにおられたのでは、かりに老公は刺しおわせても、背後から長五郎に切られるおそれがじゅうぶんあった。

「長五郎」

「はい」

「きょうの舞台は一世一代の舞台、そなたも拝観したかろう」

「でも、お役目がござりますゆえ、あきらめました」

「ハハハハ、あきらめたとは正直に申したな。ところが、殿が長五郎にも見せてやれとおおせられたぞ」

「えっ……それは」

と、言いかけて、

「でも、見ませぬ。見とうござりませぬ！」

「長五郎！」

「はい」

「せっかくの殿のお情け、無にしては相すむまい、老公はむろん、みんなに拝観させたいお心、ご遠慮してはかえって失礼。それゆえ、そなたにどこで、どのようにして表へ回るか、失礼のないようそのけいこを前もっていたしておく。よいか」

「では、ほんとうに拝観してもよろしいので」

「お許しが出たのだ。ありがたく心得よ」

「はい！　それはもう」

やっぱり見たかったのだ。目をかがやかしてうなずくのを見て、紋太夫はほくそえんだ。

「よいか。ご老公はまず正面の入り口に到着されると、わしの案内で上手の廊下から舞台の奥の控えの間へ通られる。そのとおりにするゆえ、ついて参れ」

「はい」

「ここを通って、控えの間へ参って、ご老公が着座されると、そなたの位置はここになる」

「わかりました」

「そこでわしとお坊主衆とで、ご老公に衣装をおつけし、つけ終わると、舞台へ謡方はじめ、大鼓、小鼓、横笛などの人々が出てゆく。そして、わしが剣をお渡しするまえに、舞台では最初の打ち込みがイヤーッ、カッ、ポンポンとはいる。そのときにそなたは、そっとお刀をここへおいて、表へ回れ。よいか。そのまえに刀をおいて出ていっては相ならぬ。最初の打ち込みがあいずじゃ。イヤーッ、カッ、ポンポン……」

「はい。よくわかりました」

「お能のおもしろさは、老公のお出あそばすところから見なければ相わからぬ。それに、ご老公が舞台にかかられるところで動いては失礼にあたる。それゆえ、最後の打み込みでそっと立って出ていって、老公が出られるまえに……さ、表へいこう、ここへ来てぴたりとすわって動いては相ならぬぞ。わかったであろうな。そなたがおくれて、老公のお出になるとき動いているとお目ざわりになるぞ」

「じゅうぶんに心いたしまする」

「よいか。ではもう一度やってみよ。それ、イヤーッ、カッ、ポンポン」

紋太夫にとっても死か生かのさかいである、なにも知らぬ長五郎が、そっと刀をおいてすばやく表へ回るのを見すまして、ホッと息して汗をぬぐった。

8

あわただしい動きのうちに、舞台の用意はととのった。

正面に金屏風を立てめぐらし、謡方、大鼓、小鼓、横笛などが、それぞれ江戸城出入りの観世太夫の座から呼ばれた。

謡は観世久米之助と梅若六郎。

大鼓は弓町の葛野九郎兵衛。

小鼓は石町四丁目の観世新九郎。

笛は南河岸の森田長蔵という顔ぶれだった。

それらの人々が到着すると、まず当主綱条からねぎらいのことばがあってお茶をいっぷくくだされ、それから舞台の控えの間にはいってゆく。

八ツ半（三時）になると、老公のもとへ使いがいって、万事手はずのととのったことを告げた。

舞台は七ッ前（四時）から。日の短いときならば、すでに燭台の用意がいるのだったが、いまは日長なので、拝観し終わってから、じゅうぶんに夜食のお酒くだされにまにあった。

老公へ準備の完了を知らせてゆくと、そろそろ押しかけた拝観者を能楽堂へ入れだした。

正面には、当主綱条と奥方と嫡子菊千代の座が一段高く設けられ、家臣とその家族の席は、舞台と当主の間に取られてあった。

家老たちは両側にいならんで、けっきょく、一般の家臣がいちばん見よい所になった。

藤井紋太夫の妻も、子どもの新之助をつれてやって来ている。杉浦惣左衛門と佐々助三郎は万一のことを考えて、正面しもてのまん前に座を構えた。

どうやら、老公のもとへ第二の使いが出ていったらしい。

舞台へ観世久米之助以下がしずかに姿を現わすと、拝観の人々でうずまったさしもの堂内もシーンとなった。

「老公のお成り!」

と、声がかかり、つづいて、

「殿のお成り」

が、それにつづいた。

やはり当主は当主、老公が着かれたあとから座に直る。どこまでも礼儀を重んじ、順序を正す老公のさしずらしかった。

綱条が着座すると、もう舞の始まるのにま近い、おそらく老公は、奥で衣装をつけられているのにちがいない。

綱条のわきにすわった菊千代が、めずらしそうに家臣の群れをながめては、何ごとか父にたずねてうなずいていた。

その間に、舞台のそでから紋太夫は幾度も顔を出した。

わが妻子までこの席に呼ばせたのは、どこまでもゆだんさせまいためであろうが、それにしても老公を刺したあとで、いったいこれをどうする気なのか。

しかし、かれの目は妻子の上にはとまらなかった。

かれが最も警戒しているのは、やはり佐々助三郎らしかった。

老公の出の用意もととのった。紋太夫が三度めに顔を見せてからしばらくして、小鼓をしめ直した観世新九郎が、ぐっとそれを肩にかざすと、人々はかたずをのんで水を打ったように静かになった。

新九郎は力をためて、

「イヤーッ、カッ、ポンポン」

最初の打ち込みが舞台いっぱいにひびいていく。小姓の中原長五郎が小腰をかがめて舞台下にやって来る。

が、つづいて姿を現わすはずの老公は、いっこう舞台に出てこない……。

9

第一の打ち込みが観世新九郎の手で高く舞台にひびいたとき、衣装をつけ終わって出を待っている老公に、藤井紋太夫は面を差し出したところであった。

「ちっ、早すぎる！」

紋太夫は舌打ちした。

老公はしかし微動もしない。

「せくことはない」

紋太夫の差し出す面を受け取って、それをつけようとはせずに左手にもち直した。

「いざ、面を——」

「紋太夫」

「はい。急いで面を」

「わしは、きょうは面をつけまい」

「なんとおおせられます。面をつけずに」

「わしの顔はそのまま鍾馗じゃ。家臣の家族一同にこの顔を見せるも最後かもしれぬ。このまま舞おう」

「素顔のままで……」

と、言ったが、紋太夫は落胆はしなかった。相手が片手に面をさげているのが、かえってしあわせ。今だと心を引きしめて、大原実盛が鍛えた剣をとり出した。

「ではご剣を、いざ――」

小姓の長五郎もすでにいない。そればかりか、茶坊主の姿まで消えていった。

両そでで剣のさやをつかむと見せて、ぐっと右ひざを前へかまえて差し出した。

老公がそれを取ろうとして手をさしのべた瞬間に、右手で抜いて刺そうというのである。

そうしたことを知ってか知らずにか、老公は出された剣のつかへ手をのばした。

紋太夫は相手ののびきったところで、パッと剣を抜きはなした。もはや何を考える余裕もない。いきなり束も通れと、老公の胸板めがけて突きかかる。

カチリとふしぎな音がした。

老公はとっさに体を左にひらいて、持っていた鍾馗の面できっ先をたたいたのだ。

(しまった!)

紋太夫は剣をひくと、ふたたび夢中でからだごと老公にぶつかった。

と、そのときには、老公は面を右手に持ちかえて、ピシリと紋太夫の手首を打っていた。紋太失の手からポロリと剣がその場におちると、老公はゆっくりかがんでそれを取った。

「紋太夫」

しずかな声だ。

「おもしろい剣の渡し方があるものだ。これはいったい何流じゃ」

紋太夫はベタリとその場へしりもちつき、目を血走らせてちぎれるようにくちびるをかんでいた。

「さてさて、そのほうはよくよく性根のゆがんだやつ。わしはきょう、そのほうが、たぶんにそうしはすまいかと、ひそかにじっと見ていたのじゃ」

「な……な……なんとッ」

「もし何ごともなかったら、助けておこう。やったらやむない、涙をのんで切ろうと思った」

「切れッ」

「いうまでもないこと。切るよりほかにないやつじゃ。だが、世間体はの、そのほうが前非をくいて自決したことにしてやる。最後の情けじゃ。わめくな」

言うのと、剣の先の光るのとがいっしょであった。

紋太夫はウームといって、虚空をつかんでのけぞった。

覚悟していてわめかなかったのではない。ただ一突きに心臓をつらぬかれて、立てようにも声は出ないあざやかさ。

「イヤーッ、カッ、ポンポン」

二度めの打ち込みが出をうながしてひびいてきた。

10

二度めの出の打ち込みを聞くと、佐々助三郎は不安になってそっと席を立っていった。

(何か変事が……)

が、かれが控えの間をのぞき込んだときには、老公はすでにすっくと立って出ようとしているところであった。

「助三郎か」

助三郎は、大口に白の糸で水玉の打ちあがった装束をつけ、静かに立っている老公を見た。老公は手にした剣をしずかに振った。

「あ……」

助三郎は、その剣の先に血のりのついているのを見て、はじめて事態をさとった。あわてて片ひざついて、懐紙で剣の先をぬぐった。

「紋太夫め、やはり」

「いうな助三郎、わが悪事を反省して自決したのじゃ。いたわってとらせ」

「はっ」

と、答えたときに三度めの打ち込み。

ぐっと胸をひらくと、老公は何ごともなかったようにそのまま舞台へ出ていった。

トン、トントンとさえた足音とともに、朗々とした謡の声が、舞台いっぱいにひびきだした。

これは唐終南山のふもとに住まいする者にてそうろう
さてもわれ奏闘申すべき事のそうろうあいだ
鬼神に横道なしというに
なんぞみだりにさわがしく
なんじ知らずやわが心
国土を守る誓いあり

それはそのまま老公が、当世綱条にのこさんとすることばであり、家臣一同へ語る志でもあった。

佐々助三郎は控えの間へすわったままで、それを肝にきざんでいた。

老公はつねにある「結体——」をめざして正義を行なおうと念願されてきた。

ただいま帝都におもむきそうろう

人々は一瞬息をのんで老公を見まもった。

面をつけぬ老公。かっと大きく開かれた眼。鍾馗とは変わって、純白に波打つひげ。

だんだんに舞いすすんで、鍾馗の霊が悪鬼を叱咤するくだりになると、その意気はさながら鬼神を摺伏《しゆうふく》させる概があった。

政治は将来必ず一より二に、二より三に、だんだん多数の意見で取り行なわれるようになる。

が、現在はまだそれにほど遠い。とすれば、政権をあずかる者は、今の自分に与えられた権力は仮のものとよく悟り、孟子にしるされてあるように、ひとりでも多くの民の声を聞き、その声を恐れなければならないと。

その真実にたごうたら、将軍家とて許さぬ気魄でやって来られた。

「民の声を聞くことなく、どうして君臣一如が期されよう……」

そのことを口癖のように言っていた老公の志。

それがついにわからず、いま助三郎の目の前に、利己の悪鬼で生を終わった、哀れな藤井紋太夫が虚空をつかんで息絶えている。

老公はどこまでもゆうゆうと舞っているというのに。

助三郎の双眼にふと一滴の露がにじんだ。

紋太夫には、老公畢生《ひっせい》の大事業『大日本史』編纂の意味は、ついにわからずにしまったのだ。

わが国土の成立以来の記録をとどめて、老公なきのち『日本の柱――』を残されようとした偉大さが。

舞は終わりに近づいたらしい。

宝剣をぬきはなって、舞うほどに鬼神は通力を失って切りはなたれる。その荘重な舞台を想像しながら、助三郎はもう一度涙をぬぐって、紋太夫のかなしく小さな死屍《しし》を見やった。

11

その翌朝はやく、老公は庭へ出て、紋太夫のおとしていった連判状をみずから焼かれた。

中はついに見なかった。

紋太夫は自決して果てた扱いで家族には何のおとがめもなく、妻子はやがて舅の藪田五郎左衛門のもとへ引きとられていったのだが。

連判状を焼くと、そうそうに旅じたくをととのえ、小石川の水戸屋敷を出発された。

江戸を出はずれるまでは、綱条の請いをいれて二十余人の見送りを許したが、中川の対岸でそれも帰し、杉戸の宿へはいったときは、もうまた以前の水戸在の百姓光右衛門にもどっていた。

供する者は、佐々助三郎と格さんの塚田郡兵衛。

すでにこのあたりは早苗がのびて、満々とした水田に忙しそうな百姓のかさのうごきが散っていた。

まっしろな鷺《さぎ》が、ときどき田から川べへ、川べから田へと空をくぎってとんでいる。

「助さん」

「はい」

「江戸はうるさい。いなかはいいのう」

「でござりましょうか」

「百姓の暮らしもけっして楽ではないといいたいのか」

「まずそのへんで」

「ハハ……、そのことならば心得ておる。百姓は飢えさせぬほどに絞れとは、今までの政治であった。が、日本の歴史を調べてゆくと、それは大きなまちがいであるのに気づく、民のかまどはにぎわうほどよい。大御宝《おおみたから》じゃと、古代からの教えにある。わしはそれを、わしの仕事の中に書きとめて残しておいた。が、だれがいつそれに気づくか」

「ご老公」

と、郡兵衛がいった。

「ご老公ではない。隠居じゃ」

「ご隠居を、将軍家はおよろこびにならぬはずでござりますなあ」

「なぜじゃな」

「ご隠居のなさることは、いちいち将軍家とは反対のようで」

「ばかなことを。将軍とは何者じゃ。たかが一君万民の、その万民のひとりではないか。それが時を得て政治をあずかる。つつしんで善政を行なう力なくば、直ちに交替せねばならぬ」

「それそれ、それでござりまする」

と、助三郎が笑いながら口を出した。

「将軍家や幕府の重臣は、そのことばをなによりもきらいまする。宗家を軽んずる。宗家の滅亡を願うようなことを口にすると……」

「ハハ……、たわけたこと。歴史をよく見るがよい。悪政が重なれば、わしが滅ぼさずともみずから滅ぶ。藤原、平家、源家、織田、豊臣と数えてみるがよい。わしの祖父の東照権現もはっきりと申されている。わが子孫に代わって国を治めうると思う者あらば、いつにても遠慮のうわが家をつぶせとな。これはけっして自信ばかりをのべたことばではない。さすがに腹の太さが違う。それが天理と見ぬいて吐かれたおことばじゃ。この隠居めがいちばん権現さまには孝行な孫であろうよ。ハハハハ……」

いつか松戸の宿にはいって、客ひく女の声が三人の耳にはいった。

「お泊まりなさんせ。お酒もよい。おなごもよい。おふろの用意もござりますぞえ」

「旅はおもしろい。また、どこぞへ出かけようかの助さん」

老公は白いひげを胸にかくして、楽しそうに笑った。

本作品中に差別的ともとられかねない表現が見られますが、著者がすでに故人であることと作品の文学性・芸術性に鑑み、原文のままとしました。

（春陽堂書店編集部）

『水戸黄門』覚え書き

初　出　「河北新報夕刊」他地方紙連載　昭和26年11月22日～27月5月

初刊本　同光社出版〈新作・大衆文学全集〉　昭和32年3月

再刊本　春陽堂書店〈春陽文庫〉　昭和43年8月

春陽堂書店〈春陽文庫〉　昭和56年4月

講談社『山岡荘八全集41　水戸光圀他』　昭和59年7月

※「風流大岡政談」を併録

講談社〈山岡荘八歴史文庫69〉　昭和62年2月　※『水戸光圀』

春陽堂書店〈春陽文庫〉　平成10年10月

（編集協力・日下三蔵）

春陽文庫

水戸黄門《みとこうもん》　下巻《げかん》

2023年4月20日　新版改訂版第1刷　発行

著者　山岡荘八
発行者　伊藤良則
発行所　株式会社 春陽堂書店
〒一〇四－〇〇六一
東京都中央区銀座三－一〇－九
KEC銀座ビル
電話〇三（六二六四）〇八五五（代）
印刷・製本　株式会社 加藤文明社

本書のご感想は、contact@shunyodo.co.jp にお願いいたします。

定価はカバーに明記してあります。

ISBN978-4-394-90442-7 C0193